市場のことば、本の声

宇田智子
uda tomoko

晶文社

装丁・レイアウト　矢萩多聞
装画　千海博美

市場のことば、本の声

目次

i 市場の時間

ii 地元の町、遠くの町

i

市場の時間

「さよなら」

昼十二時をすぎると、商品を並べ終えた隣の店のおじさんが、節子さんを残して帰るしたくを始める。いつも早くていいですねと言ったら、これから家でスクガラス（アイゴの稚魚の塩辛）をつめるんだから忙しいよと笑われた。魚の頭を下に揃えて、瓶のなかに整然と並べたスクガラスを売っているのは、いまではこのお店くらいしかない。

通りに面した棚の文庫本を入れかえていたら、背中から声をかけられた。

「はい、先に帰るよ」

「さよなら」

別れてから、はっと気がついた。私、いま「さよなら」って言った。いや、毎日言っていた。いつから言えるようになったんだろう。

沖縄は那覇の、第一牧志《まきし》公設市場の向かいでウララという名の古本屋をしている。ここ市場中央通りの店にはドアがなく、みんな路上を向いて店番しているので、いつでも声をかけあえる。だからあいさつが大事だ。

朝は「おはようございます」でいいとして、夜はどうやって帰るか。店を始めたころは「お疲れさまです」と言っていた。でも一緒に働いているわけでも取引先でもないし、誰もそうは言っていない。

「バイバイ」

「先にあがるね」

「帰ろうね」

人によっていろいろあるなかで、耳についたのが「さよなら」だった。鰹節屋の息子が一軒ずつ覗いては「さよなら」と声をかける。隣の節子さんは「さよなら、明日ね」と何度もくり返しながら通りを帰っていく。

私もいつしか「さよなら」と言うようになっていた。

私が東京の新刊書店で働いていたころ、未來社から『とんぼの目玉』という本が出た。絵本作家の長谷川摂子さんのエッセイ集で、目や耳から飛びこんできた言葉をつかまえては、自由に連想を広げていく。『未来』連載中から楽しみに読んでいた。

そのなかの一編、〈「さよなら」をめぐる小トリップ〉は小津安二郎の映画の話から始まる。映画に出てくる若い友人たちが気軽に「さよなら」と言って別れるのが、著者には〈新鮮で美しく感じられ〉た。いまの私たちは「さよなら」と言わなくなった。そう気づいた著者は記憶や本をたどるうちに、飛行家のアン・モロー・リンドバーグのエッセイに行きあたる。一九三一年に横浜を旅したアンは、港や駅でかわされる「サヨナラ」の声を聞いて、こう書いた。〈「サヨナラ」を文字どおりに訳すと、「そうならなければならないなら」という意味だという。これまで耳にした別れの言葉のうちで、このようにうつくしい言葉をわたしは知らない。（中略）それは事実をあるがままに受けいれている〉

著者はこれを〈美しい誤解〉だと書く。「さよなら」は「それでは」と同じで〈いたって軽く、意味などないような言葉だ〉。

そうだろうか、と考えこんでしまった。確かに「さよなら」の文字どおりの意味は「左様なら」＝「そうなら」で、「そうならなければならないなら」ではないだろう。これはアンの〈誤解〉かもしれない。でも、たとえ心外な別れであっても、そこに至るいきさつを自分なりに納得し、「そうなら」別れましょうと相手に告げているのなら、〈事実をあるがままに受けいれている〉とは言えるのではないか。〈誤解〉と断じてしまうのは惜しいような気がする。同じころに発売された『日本人はなぜ「さようなら」と別れるのか』（竹内整一、ちくま新書）では、アンの文章は「さよなら」の〈少し違った解釈〉として紹介され、〈誤解〉とは書かれていなかった。長谷川さんならこれをどう読まれるだろうか。

折しも、長谷川さんが私の勤めている書店でトークショーをされることになったものの、ちょうど出張があって参加できない。思いあまって手紙を書き、担当者にたくした。トークショーのあと、すぐに返事が届いた。「さよなら」の意味について自分が書いたことは、まちがってはいないと思う。でも、言葉が生きる現場を考えると〈誤解は言いすぎかもしれません〉とあった。私の言いぶんにできるだけ寄りそおうとしてくださった。〈お会いできなくて残念でした〉と始まり、〈いつか、お会いしたいですね〉で終わる手紙。しかしその三年後、長谷川さんにはもう決して会えないことになってしまった。「さよなら」と言いあう機会もなかった。

市場の人たちの「さよなら」は小津映画の若者たちと同じ気楽なもので、アンが港や駅で聞いたような切実さはもちろんない。毎日会っていて、明日もまた会えると信じているからこそ、明るく軽やかに言える。

何冊か本を見たところ、沖縄には「さよなら」にあたる方言はないらしい。〈定型のことばがなく、そのとき、その場に応じてあいさつをする〉（『ひとことウチナーグチ』沖縄文化社）。

外間守善《ほかましゅぜん》の『沖縄の言葉』（中央公論社）には、軍隊に入って古年兵に「こんにちはッ」と挙手礼をして怒鳴られた話が出てくる。かわりに「ご苦労さんですッ」という言いかたを知ったそうだ。私とは逆の、同じ話だ。

軽い「さよなら」が言えるようになった私は、市場という場への応じかたをひとつ覚えたことになる。

椅子

土曜日の昼すぎ、店先に座って調べものをしていたら、いつのまにか男の人が入ってきていた。うしろを向いているけれど、このまるっこい肩は知っている。

「こんにちは」

声をかけると、予想通りの顔がふり向いた。

「どうしたんですか」

「散歩の途中だよ」

こちらに向きなおり、座っている私をじろじろ眺めている。

「ねえ、君、詩人の椅子をここに置いてみない」

「は?」

「賞品でもらったんだ」

この人は五月に詩の賞を受賞して、式のために旭川まで行った（旭川ラーメンの店に連れていかれ、沖縄そばのほうが断然おいしいと思ったそうだ）。その正賞である「詩人の椅子」が先週届いたという。北海道出身の彫刻家がデザインした、特別な椅子らしい。

「それに座ってるところを写真に撮って送れって言われてるんだけど、僕が写っても面白くないし、かわりに座ってよ」

「私が？　関係ないじゃないですか」

「孫ってことにしようよ」

贈呈式のプログラムに椅子の写真が載っている。明るい色の木でできた、横幅の広い椅子である。このなめらかな肘かけに体をあずけて詩を書くのか。

ちょっと座ってみたい気もしたのに、話はそのまま終わってしまった。どちらにしろ、この狭い店には立派すぎて入らない。

そんな椅子に座っていると腰を悪くするよ、とよく人に言われる。ニトリで買った折りたたみの椅子は、確かに私の体をやわらかく受けとめようとはしてくれない。

でも、近くの店の人もみんな似たような椅子に座っている。背もたれのないパイプの丸椅子とか。それでもみんな元気。修練のたまものなのだろうか。

ここで店番をするようになって驚いたのは、まわりの店の人がなにもせずに座っていることだった。品出しや客引きや、もやしのひげ取りをしている人も、ラジオや雑誌やおしゃべりに興じている人ももちろんいるのだけれど、ただ座っている人もたくさんいる。なにかを見ているような見ていないような感じで、通りのほうを向いている。

東京では電車のなかでもみんな読書をしたり携帯を見たり眠ったりしていたから、座っているだけの人たちに出会ったときはとまどった。でも店番はしているわけだし、「なにもせずに」と考えるほうがまちがっているのかもしれない。「本を読んでいる」ように「座っている」。それを何十年もほぼ休みなく続けている。

戦後の闇市から始まった第一牧志公設市場とそのまわりの商店街は、しばしば火事や水害にあい、補修のために通常の営業ができなくなった。

「箱にくつ下とか下着をいっぱいつめて前に抱えて、歩きながら売った」と宮古出身の洋服屋さんは話していた。『那覇今昔の焦点』（沖縄文教出版）には、戦後の平和通りで革のバンドを体いっぱいにぶら下げて売り歩く〈宮古女〉が描かれている。〈彼女のからだそのものが店舗であり、動く生きた店舗であった〉。

さかのぼって大正時代の東町の市場の写真を見ると、頭にかごを載せた女性たちが行き来していて、地べたに座った女性は路上に品物を広げている。市場の外では野菜をかごに入れて家々を売り歩き、さらには漆器や織物を海外まで行商しにいったという話もある。なんと働きものだったのか。椅子に座れるようになったのは最近の話だ。


仕事と椅子について、思いだす文章がふたつある。

ひとつは庄野潤三の「机」。やるべき仕事がなく、席に着いて働くふりをすることで自分の存在感を示そうとし、机と椅子に執着する会社員たちの話だ。自分を縛りつける机と椅子を深く怨《うら》みながら、そのおかげで生存が保証されていることも自覚している、会社員のジレンマ。

もうひとつはサン＝テグジュペリの『戦う操縦士』。

〈建築成った伽藍内の堂守や貸椅子係の職に就こうと考えるような人間は、すでにその瞬間から敗北者であると。それに反して、何人にあれ、その胸中に建造すべき伽藍を抱いている者は、すでに勝利者なのである〉（堀口大學訳）

これを就職活動中に読んで、がっくりきたのを覚えている。自分で店を始めたいまも、伽藍には程遠い水上《すいじょう》店舗*で暑さに苦しみ、狭さに縮こまって座っている。だからといって、高層ビルの一室でデザイナーズ・チェアに座り、お得意さまに稀覯書を売るのが〈建造すべき伽藍〉だとは思わない。建物は水上店舗でいいし、椅子はニトリでいい。いや、そもそも敗北者でいい。

などとごまかしながら先を読みなおす。もちろんこれは世俗的な成功の話ではない。〈彫塑家はその心に抱く作品の故に、すでに体重が増しているのであって見れば、よしや彼が如何にしてそれを捏ね上げるかは知らなくとも、かまわないわけなのである。母指の先で捏ねかえし煉りかえし、誤りに誤りを重ね、矛盾に代えるに矛盾を以ってしながら、彼は粘土を通じて、わが創作へ向って進み行くであろう。知性も、批判も、創造者ではあり得ない〉

「詩は知識ではなく知恵で書くものだよ」

と椅子の詩人は話してくれた。

「ここに座って、通る人たちを斜めから見ていなさい」

そこから建ちあがる伽藍もあるのだろうか。頭上を覆うアーケードも突き破るような伽藍なら、建ててみたい。

＊ 市場周辺を流れるガーブ川は暗渠になっていて、その上に建つ「水上店舗」に私の店もある。

お茶

五月の雨の日、棚から『とぅばらーまの世界』（大田静男、南山舎）を取りだしたお客さんが、ページを開いて近づいてきた。

「これ、父の歌なの」

「えっ」

思わずページとお顔を見比べてしまった。お稽古ごとや買いものの帰りに、いつも大荷物を抱えて寄ってくださる方である。

「父は民話やわらべうたに詳しくて、人に教えたり、自分でもつくったりしているの」

「八重山のご出身なんですか」

「そう。石垣の、川平《かびら》」

載っているとは聞いていたけど実物を見たのは初めてと言って、じっと読まれていた。

「とぅばらーま」は八重山の歌謡で、恋愛や親子の情愛、人生の喜怒哀楽などを男女のかけあいで歌う。石垣島では毎年旧暦八月十三日の夜に「とぅばらーま大会」が開かれ、月の光のもとで歌唱や作詞を競いあうという。

買って帰られたあと、在庫を出してきて私も読んでみた。

朝茶《アサチャー》おいしょうる　親《ウヤ》ぬ指《ウビ》みりぃば
すだてぃぬ　印《アヤ》ぬどぅ　残《ヌク》りみらりょうる
〈朝茶を召し上がる親の指を見ると、子育てに苦労された綾が見られる〉

いい歌だ。八重山の言葉はわからないけれど、響きがすがすがしい。日の光が低く差しこむ部屋でちゃぶ台を囲み、湯のみを握る親の指に目をやる。しみやしわを確かめながらお茶を飲む、静かな朝。

一九七四年の「とぅばらーま大会」作詞の部一位の作品らしい。解説に作者のコメントが載っている。〈親が仏壇に朝、茶を差し上げる場面を詠んだ〉。あら、家族でお茶を飲んでいたわけじゃないのか。想像を修正した。

仏壇にまつられた祖先、そこにお茶を供える親、その姿を歌にする息子がいて、歌の本を買う孫娘がいる。ここまで続いてきた一族の列が、急に見えた。私も仏壇のまえにそっと座らせてもらったような気分になった。

ところで、この「朝茶」はなんのお茶だろうか。自然に思いうかべたのは緑茶だった。さわやかな色も香りも、歌にぴったりだ。

お客さんがこの本と一緒に『日々是好日』（森下典子、新潮文庫）を買ってくださったのもあとから思いだし、はっとした。これもお茶の本である。茶道を通じて知った季節感やひとの心を描いたエッセイで、読んでいるとおいしいお茶を飲んでいるように気持ちが晴れてくる。表紙には、泡だつ抹茶。朝の食卓にふさわしい緑色に見える。

でも、八重山の人は緑茶を飲むだろうか。

「君はジャパニーズだね」

机の上のペットボトルを見て、言った。七月の終わりに精算に来た出版社のおじさんである。いつも月末に現れて、「コーヒータイムね」と言いながら座って休んでいく。

「え？」

「そういう緑茶は、僕らは飲まないよ」

「ああ。さんぴん茶ですよね、沖縄の人は」

そこに出前のコーヒー屋さんが来た。

「お待たせしました。アイスのカフェラテと、アイスティーです」

「ティー？」

「あれ、ちがいましたか」

「アイスコーヒーを頼んだんです」

「すみません、いれなおして来ます」

「いいよ、ティーでいいよ」

「すみません」

お金を払って、ストローを突きさす。

「おっ、ティーもおいしいよ。すっきりしてる」

夏のはじめに私がアイスコーヒーをふたつ注文したら、「僕はホットしか飲まない」と渋い顔をした。でも飲んでみると「あれ、アイスもおいしいなあ」と喜んで、それからはみずからアイスコーヒーを頼むようになった。今日はさらにアイスティーへの目覚め。

「あの」

「なに？」

「私が、ジャパニーズだとすると」

「うん？」

「沖縄の人、はなんて言うんですか？」

「ああ。オキナワンだね」

「そうか」

うん、ティーもいいねとうなずいているこの人は生粋《きっすい》のオキナワンで、ときどき英単語を織りまぜてしゃべる。そんな適当な人に「ナイチャー（内地の人）」ではなく「ジャパニーズ」と名指されると、よけいにドキッとする。

これからはティーを注文するのだろうか。おやつはいつも、黒糖プレッツェル。

八月になって、相変わらずの大荷物で白洲正子《しらすまさこ》の本を探しにいらしたとき、あの「朝茶」はなんのお茶なのか聞いてみた。

「さんぴん茶よ」

やっぱりそうか。

子どものころ、川平村では毎朝みんなでさんぴん茶を飲んだ。一番茶を仏壇のおじいちゃんとおばあちゃんにあげてから、縁側で飲む。隣の家の人が来て一緒に飲むこともあった。あちらの家が今日ロープを編むと聞けば、みんなで行ってお茶を飲んだあとに手伝い、そちらの家でイノシシや魚を捕ったと聞けば、小さなお弁当箱にご飯をつめていって、お茶とおかずをもらった。

「茶葉だけだと香りが出ないでしょう。母に頼まれて妹と庭に行ってね、茉莉花《ジャスミン》をつんできて、花びらを入れて飲んだのよ」

文庫本を買い、「袋はいらないわ」と黒いボストンバッグのファスナーを開けた。何足ものサンダルがつめこまれている。

「来週石垣に帰るとき、孫たちにあげるの。向こうでは売ってないから。毎年よ」

朝茶を供えていた親から数えると五代めが生まれている。一族の列は未来に向かってぐんぐん伸びている。みんなでお茶を飲む習慣は、もうないという。

お盆

八月なかば。夕方、暑さにやられてぐったりと座っているところに大きなまるいめがねをかけたおじいさんが通りかかって、外の棚を見るなり声をあげた。

「これいくら?」

立ちあがって表にまわる。おじいさんが手をかけているのは、一番下の段にある『沖縄の冠婚葬祭』(那覇出版社)。函《はこ》入り、三百三十五ページでA4判、定価一万二千円の大型本だ。おじいさんのかわりに本を引きぬいて函から出し、最後のページに書かれた値段を見せた。

「五千円です」

「ふん」

「付録がないんですよ」

「付録はいらんよ。お盆のときの料理の並べかたが見たい」

「載ってますよ。写真が」

お盆のページを開いて渡すと、重いのに宙に持ちあげて熱心に見入っている。

「ふん。また買いにくる」

「はい」

そのまま棚に戻した。

次の日は朝から近くの店へ本を買取に行った。珍しい写真集や民芸品の図録がたくさんあり、夢中で説明を聞いていたら自分の店の開店時間をすぎてしまった。重くなった自転車を押して向かう。

シャッターを開けていると、隣の店の節子さんに声をかけられた。

「さっき何度も来た人がいたよ」

「何度も？」

「そう。私たちが準備しているときに来たから、十時前かね。そのあとまた来て、十一時に来ますよって言ったら、十一時にも来た」

それはまずいことをしたと思うまもなく、昨日のおじいさんが現れた。

「遅いな。朝から待った」

「すみません」

「あの本をくれ」

店内から棚ごと引きだし、本を袋に入れて渡す。八つ折のお札を受けとる。

「これで仏壇にどうやってお供えするかわかる」

「明日から旧盆ですね」

枕のような本を抱えていく後ろ姿を見送っていたら、節子さんが言った。

「あの人、さっきうちでシークヮーサーの原液も買ったよ。お盆で家に来るお客さんに出すんだって」

「へえ」

「奥さんを早くに亡くして、なんでも自分でやってるんだよ。ふだんはひとりだからいいけど、お盆はちゃんとしなきゃって。だから本も買ったわけさ」

そうだったのか。男性があいう本を手にするのは珍しいと思った。

「琉球新報の料理教室にも通ってるらしいよ」

「へえ！　まじめなんですね」

急にえらい人に思えてきた。

沖縄のお盆は旧暦の七月十三日から十五日で、ウンケー（お迎え）、ナカビ（中日）、ウークイ（お送り）の三日間、仏壇にお供えをして、拝みに来た親戚をもてなし、最後はエイサー（盆踊り）で祖先たちを送りだして、それはそれは忙しいらしい。準備も大変そうで、花や食材を買いにきた女性たちが市場を飛びまわっている。沖縄に血縁も姻戚もない私は用もなく気楽だけれど、少しさびしい時期でもある。私のご先祖さまは沖縄には来てくれないだろうな。ましてや、旧盆に。

店は三日間お盆休みにして車の修理に行き、ついに家のクーラーも買った。ご先祖さまがここにいなくても、しっかり生きていこう。

九月のはじめ、沖縄出身の詩人・山之口貘《やまのくちばく》の生誕百十周年イベントが琉球新報ホールで開催され、座談会に出た。壇上で話すなんて柄でもないのだけれど、貘の娘である山之口泉さんも登壇されると聞き、お会いしたい一心で引きうけた。

無事にすんだ二日後、まるいめがねのおじいさんが来た。旧盆以来だ。

「貘さんの、がんばったな」

「来てくださったんですか」

「写真を撮った」

アルバムを手渡された。写真屋に現像を頼むともらえる、ホチキスで綴じられた薄いやつ。久しぶりに見た。

開くと、座談会の写真が入っている。ひとりひとりマイクをもって話しているところ、県内の詩人が詩を朗読しているところ。だいぶピンぼけだけれど。

「欲しい写真があったら焼増しするから」

遠足のようだ。

「それで、会場でこの本を買ったんだけど、ちょっと見てくれる」

出たばかりの『山之口貘　詩と語り』（琉球館ブックレット）を手にしている。指さしているのは、貘の詩「告別式」。

〈金ばかりを借りて／歩き廻っているうちに／ぼくはある日／死んでしまったのだ〉

「貘さんには長男がいたんだけど、すぐ死んだんだ」

〈こうしてあの世に来てみると／そこにはぼくの長男がいて／むくれた顔して待っているのだ〉

「自分は、ここに書かれているとおり、あの世はあると思う」

〈なにをそんなにむっとしているのだときくと／お盆になっても家からの／ごちそうがなかったとすねているのだ〉

「だからこういうことを大事にする。料理もつくるし親戚はもてなす」

お盆のために大きな本を買って、シークヮーサーも買って。息子もお嫁さんもいるらしいと隣の節子さんに聞いたけれど、自分で納得いくようにやりたいのだろうか。

「じゃ、これをあげる。がんばって」

透明な袋を渡された。引きのばされてますますぼけた私の写真が二枚入っていた。

休みの日

年末にしては静かな昼すぎ、隣の店の電話が鳴った。黒電話がジリジリ響く。

「はい、浦崎漬物店です。はい。ああ、飛行機の。ええ、開いてますよ。牧志公設市場のある市場中央通りです。はい、どうも」

いつも家族か常連さんからの電話が多そうで、場所の問合せは珍しい。

「観光客ですか」

「いま空港に着いたっていう人だったよ。飛行機で本を見たって」

「本？」

「コーラルウェイよ」

そういえば、少しまえに写真家の垂見《たるみ》健吾さんが、

「昨日取材で浦崎さんを撮りにきたのに、ウララさん休みだったさ」

と言いながら通りすぎたことがあった。

市場中央通りの端にある文栄堂に行って『コーラルウェイ』を買う。JTA（日本トランスオーシャン航空）の機内誌で、書店でも売っている。二〇一三年十一／十二月号の特集は「発酵仮面琉球へ飛ぶ」。発酵仮面こと小泉武夫さんが沖縄の市場を歩き、発酵食品を探す。

垂見さんの撮った浦崎漬物店の写真が大きく載っている。店のまえでイカの塩辛の瓶に手を伸ばす小泉さんと、笑って見守る節子さん。右にある私の店はシャッターが下りている。看板のフクロウ（下半身しか写っていない）と柱に貼られたポスターを見れば、空き店舗でないことはわかるだろうか。漬物店の左側のTシャツ屋もなぜか閉まっていて、これではシャッター通りのようだ。残念。

垂見さんは一九七二年の日本復帰直後から市場や祭りや人々を撮りつづけている、沖縄の本と雑誌に欠かせない写真家だ。ふいに「ハイサーイ」と現れてはシャッターを切り、市場の人たちにあちこちで呼びとめられながら去っていく。

ある日、思いきって頼んでみた。

「こんど本を出すので、店の写真を撮ってもらえないでしょうか」

「本出すの？　いいねー。いいさー」

そうして撮ってもらった写真が、『那覇の市場で古本屋』（ボーダーインク）の表紙になった。この本にはもう一枚、垂見さんの写真が入っている。『コーラルウェイ』と同じアングルの、三十年前の市場の風景。『季刊くりま』第九号（文藝春秋、一九八二年）で見つけて、使わせていただいた。

左端にわずかに傘屋が写っていて、その右に漬物屋が三軒並んでいる。三軒の幅いっぱいにつながった台に、魚やニンニクの瓶づめが何段にもわたって並ぶさまは壮観である。当時ここは「スクガラス通り」と呼ばれていたらしい。スクガラスはスクの塩辛で、沖縄の代表的な発酵食品である。

三軒のまんなかが浦崎漬物店だ。節子さんは屈んでなにかしている。その左側の店にはおばあさんが座っていて、右側の店はシャッターが閉まっている。右側、つまりいまは私の古本屋となった間口七十五センチの店では、六十年にわたって女性が漬物屋を営み、子どもをふたり育てあげたという。この日はたまたま休みだったようで、シャッターの前の台にも節子さんが商品を広げている。

九月なかば、私の本を立ち読みしていた通り会の事務の人が、この写真を見て声をあげた。

「こういう写真が欲しかったの！」

十一月から水上店舗の二階で写真展をするので、市場の写真を探しているという。戦後の復興期、人々はガーブ川の底に丸太や電柱を打ちこんで、木造の水上店舗をつくった。大雨のたびに洪水になり、改修工事が進められた。一九六四年、暗渠となった川の上にコンクリート製の水上店舗が完成。節子さんも私も、この水上店舗の店子である。

「水上店舗ができて来年で五十年だから、写真を集めておきたくて。スクガラス屋の写真がないと始まらないのよ。使わせてもらえないかしら」

水上店舗にとってスクガラスがそんなに重要な存在だったとは。垂見さんは重ねてのお願いにも快く応じてくださり、写真は大きなパネルとなって飾られた。

「なつかしのまちぐゎー展」には、工事中の水上店舗でカチャーシーを踊るおばさんや大雨であふれた水に腰までつかる人たちなど、その時々の市場（まちぐゎー）の様子を伝える写真が並んだ。店の人たちも店番のあいまに見にきては、

「あい、あれ肉屋のおばさんね」

などとアルバムを見るように楽しんでいる。

始まって何日か経ったころ、水上店舗のトイレで事務の人に会った。

「昨日ね、あの垂見さんの写真を二十分くらいずーっと見ている人がいて。話しかけたら、娘

さんだった」

「誰のですか？」

「あの漬物屋さんよ。ウララさんの場所でやってた人の、娘さん」

なんと。あそこで育てられたご本人か。

「なつかしいって言って涙を流してるの。でも開いてたらよかったのに、って」

「ああ、本当ですね！」

確かに、店が開いていればお母さんも写っていたはずなのだ。三十年前、どうして休んだのだろう。この漬物屋さんは何年か前に亡くなっている。

三十年後に『コーラルウェイ』を見て、「どうして休んだの」と問う娘が私にもいるかもしれない。

定休日だったんだよ。

７３０

車を買いかえることにした。

「とくふく堂」さんから古本屋を引きついだとき、本と棚とともに軽自動車をもらった。三年のうちにマフラーが折れ、スピーカーが壊れ、窓が閉まらなくなり、リコールが三回。来年のはじめに車検が切れる。もうお別れしよう。

『Goo沖縄版』という中古車情報誌を買ってみた。どのページを開いても車だらけで途方にくれる。なるべく新しくてなるべく走っていなくて、本がたくさん積めればなんでもいいのだけれど。店に行っても車のどこを見ればいいのかわからず、ただ眺める。

年内に決めねばと力みすぎたのか、クリスマス前に左足の小指の骨が折れた。体のはしっこの小さな骨なのに立ちあがれなくなり、畳に張りついてすごした。最初の数日は本を読みＤＶＤを観ていたのが、しだいにただ横たわるだけになった。

なんとか歩けるようになって、松葉杖をついて市場の人たちに骨折の報告に行った。みんな顔をしかめつつ、自分の骨折体験や民間療法を語ってくれる。

「しばらくゆっくり休んで」

「はい。ただ、車のことが気になって」

「車？」

車検切れが迫っていてあせっていると話すと、通り会の事務の人が行きつけの車屋があると教えてくれた。

「私も主人も娘もそこで買ったのよ。市場の人も何人も紹介してる」

要望に合った車をオークションで落札してくれるらしい。私もぜひお願いしたいと伝えて、店は開けずに車で帰った。右足のおかげで運転はできる。車はどうしても身勝手な乗りものに思えるし、運転もへただから嫌いだけれど、やっぱり便利なんだな。

休業中は古本屋の人が食べものをさし入れてくれたり、出版社の人が喫茶店に連れだしてくれたりした。会う人みんなに車の話を聞いた。きれいな車に見えるのにもう二十年も乗っているとか、CMに出ているゆるキャラが好きになって車も欲しくなったとか。

「最初に乗った車はフォルクスワーゲンだった」

と、ある人に言われたときは驚いた。戦後すぐ、友だちのお父さんに譲ってもらったらしい。そのあとは軽自動車を何台か乗りかえて、おととし運転をやめたという。御年七十八歳。

沖縄の古い町の風景や子どもたちを写した『復帰前へようこそ』（海野文彦、新星出版）という写真集がある。店でこの本を見ていたおじさんが、

「ほら、タクシーもパトカーも外車でしょ。おれも外車をどんどん買いかえるのが趣味だったよ」

と話しかけてきたことがあった。そういう感じの人には見えなかったので、このときも驚いた。いまはタクシーの運転手をしていて、駐車場のない市場にはめったに来ない、今日は中国人のお客さんの案内をしていると話していた。外車の名前をたくさん挙げてくれたのに忘れてしまった。

戦後、沖縄はアメリカの統治下に置かれ、車は右側通行に変わった。一九七二年に日本に復帰したあともそのままだった。これがいっせいに左側通行に戻された一九七八年七月三十日のことは、「730《ナナサンマル》」としていまでも話題にのぼる。

右側通行の時代はどんな車で走っていたのか人に聞いてみると、外車もあり、国産車は右ハンドルも左ハンドルもあったらしい。交通ルールが変わったからといってすぐに車を買いかえ

られるわけでもないだろうし、どれほど混乱しただろう。事故や渋滞が増えたことは想像できるけれど、それだけではなかった。

那覇の栄町市場の肉屋さんの回想が『19人が語ったマチグヮーの歴史』（NPO法人まちなか研究所わくわく）に載っている。730以前は那覇の中心街から首里方面へ向かうバス停で降りるとすぐ市場があったので、夕方は仕事帰りの客でにぎわった。バスの向きが逆になると道路を渡らなければならなくなり、客足が遠のいたという。

『ぼくの沖縄〈復帰後〉史』（新城和博、ボーダーインク）には、高校生だった著者が那覇から山《やん》原《ばる》に向かうために国道58号線でヒッチハイクをした話が出てくる。右側通行のときは北に向かって道路の右側に立ち、右手の親指を立てた。730後は道路の左側に立ち、左手の親指を立てるようになった。ささいなことでも、体で感じた変化は大きい。

車の向きが車のつくりや人の暮らし、しぐさを変える。もしこの島が右側通行だったら車は左ハンドルだった。アクセルやブレーキはハンドルが右でも左でも右足側にあると聞いて、この先どこに住むにしても右足は折らないようにしたいと思った。

年が明けて、車屋さんから電話がかかってきた。

「いい車が見つかりました。取りにきてください」

車種も色もなんの相談もないまま、買うことになっていた。

左足にサポーターを巻いて車屋に行った。白い軽自動車は、私が前に乗っていた車にそっくりだった。つまらない。

「岐阜から取り寄せました。いい車ですよ。沖縄の中古車はどうしても傷みが激しいですから」

そう言われるといいような気がしてくる。助手席に松葉杖を載せて、58号線の左側を走って帰った。

しーぶん

那覇の栄町市場のなかに、宮里小書店《みやざとこしょてん》という古本屋がある。店主の宮里千里《せんり》さんは本業のかたわら、島や祭りで音楽を採録してCDをつくったり、エッセイ集『アコークロー』（ボーダーインク）で沖縄タイムス出版文化賞を受賞したり、「栄町市場おばぁラッパーズ」を仕掛けて市場を盛りあげたり、いろいろな場で活躍されてきた。

何年も引きとめられながらついに退職して、これからは栄町で古本屋をやるんだと聞いたときは、すごいライバルが現れてしまったと怖気《おじけ》づいた。しかも、店がとても狭い。店と通路の境目がわからないし、隣の化粧品屋さんのショーケースも進出しているのではっきりとは言えないけれど、私の店より狭いように見える。でも千里さんは大人なので、

「いや、うちはここからここまで店だからそちらのほうが狭い。日本一狭い古本屋はウララさんでまちがいなし」

と、「日本一」の称号を譲ってくださる。

千里さんは昔から手書きのフリーペーパーを発行している。最近出された『栄町市場界隈瓦版』十五号に、こんな一節があった。

〈市場でいまでもよく耳にする市場言葉というのがある。それが何かというと、「しーぶん」というものだ。おまけ、と一言では片付けられないような味のある言葉である〉

「しーぶん」は、もちろん牧志の市場にもある。キムチ味の島らっきょうを買ったらふつうの味のもつけてくれたり、肉をひと切れ多く入れてくれたり。値引きよりも商品をつけ足すのが主流らしい。

「ウララではしーぶんしないの？」

と、これまで何人かに聞かれた。開店直後に一度だけ、友人に焼いてもらったフクロウ形のクッキーを配ったことがある。そのあとはなにも用意していない。

古本屋のしーぶんとはどんなものだろう。本を十ページ増量というのでもないし、しおりやブックカバーもしーぶんという感じではない。隣の漬物屋さんが個包装の黒糖（「ありが糖」）をあげているのを見てまねしたこともあったけれど、いつのまにかやめてしまった。結局、古本に高すぎも安すぎもしない値段をつけることが一番なのではとまじめに思っている。

古本屋を始めたころに困ったのは、やたらに値切られることだった。なかには「どうしてもこの本が欲しいのにお金が足りない」というふうな人もいたけれど、三百円の本を二百円にしろとか、四千円の本を半額にしろとか、理不尽な言いぶんがほとんどだった。古本屋だから値切られるのか、それとも市場だからか。学生のころに読んだタイやインドネシアの『地球の歩き方』には「買い物では絶対に言い値で買わずに値切ること」などと書いてあったけれど、沖縄のガイドにもそう書いてあるのだろうか。

確かに国際通りのみやげもの屋の相場はだいぶ高めで、スパムの缶詰や泡盛の小瓶がスーパーの倍近い値段で売られている。国際通りから市場通りへ歩いてきた人が、

「えー、さっき三百円で買ったのにこっちでは二百円!」

と騒いでいるのをよく見かける。市場は地元の人に合わせた、良心的な価格設定をしているのだ。それにもかかわらず激しく値切っている人を見ると胸が痛む。

「十個買うから送料をただにして」

とごねる人には、沖縄から宅配便を送るのってすごく高いんだよ、と諭したい。

私からはなにもあげないのに、お客さんからはときどきもらう。定番のひとつが串刺しのパイナップルである。短冊状に切った大きなパイナップルにわりばしを刺したアイスキャンデー

形で、一本百円。どこ産なのか、市場通りで年じゅう売っている。

少しまえに、沖縄の風景のポストカードをまとめて買ってくれたお客さんがいた。来週、同窓会があるので、友だちにメッセージを書いて渡すという。

「高校を出てから沖縄を離れて、神戸の保育学校に通ったんです。みんなとはずっと文通してきたけれど、会うのは四十年ぶり」

と、すでに緊張した面持ちになっている。

しばらくしてまた店に来て、「とても楽しかった」と報告してくれた。

「みんなにあちこち連れていってもらって、ご家族にも紹介されたり。沖縄にも来たいと言ってくれて」

「よかったですね」

顔を見ると涙ぐんでいる。

「絵はがきも喜ばれました。ありがとう。これ、お礼に」

ビニール袋から出てきたのは串刺しのパイナップルだった。

「二本あるから、一緒に食べましょう」

誘われて、あわてて椅子を出して座ってもらった。本屋の店先で大きな口をあけてパイナップルを食べているふたり。通る人にじろじろ見られている気がして、急いで飲みこむ。食べ終わるとお客さんは外の箱を眺め、一冊取りだした。岩波文庫の『日本童謡集』。

「なつかしい歌がたくさん載ってる」

と言って百円玉をさし出した。「百円均一」のすぐ横の箱にあったので、百円だと思ったのだ。これ三百円なんです、といつもなら絶対に言うのに、言えなかった。パイナップル、二本で二百円。百円の文庫と合わせて、三百円。差し引きゼロ。と、とっさにでたらめな計算をしてしまった。

しーぶんも、気づかれなければ意味がない。

辻占

「蛍光灯に照らされたアーケードとそこを歩く人たち、そして暖色の灯の下にいる哲学者か占い師のような店主との対比が不思議な感じです」

石垣島の知人が、雑誌で私の店の写真を見たとメールをくれた。「哲学者か占い師」というくだりにぎょっとする。ただ机に向かって本を広げていただけなのに。光の加減でそんなふうに見えたのだろうか。

辻占、という単語を思いだした。つじうら。街頭に立って、通りかかった人の言葉から吉兆を占う。と書いたものの辞書をうのみにしているだけで、実際にどんなふうに占うのかは知らない。それでも路上にウララの看板を掲げて人の声を聞きつづけている私には、なんだか他人事とは思えない。

道路に投げだされた言葉から別の意味を紡ぎだす、哲学者のような占い師。

古本屋である私は言葉を聞くことしかできない。観光客が「アメ横みたい」とはしゃぐ声、「今日は荷物ありますか」と店をまわる配送業者の声、「いまから帰る」と携帯で話しながらバス停に向かう会社員の声。吉なのか凶なのか、わからないいままだ聞いている。

「辻」という漢字の「十」は「十字路」のことらしい。私の店は十ではなくT字路にある。Tの横線が公設市場のまえの市場中央通りで、縦線が市場の脇の細い道。市場の裏からこの道を抜けてくると、私の店の正面に出る。途中でガクガクと二回直角に曲がっていて、入口からは行きどまりのように見えるので、通るのは地元の慣れた人だけだ。

ある日ここからさおりが出てきた。両手にコーヒーをふたつ持って、

「この道、初めて通った！　曲がったらウララが目のまえにあってどんどん近づいてきて、びっくりした！」

と大声をあげながら満面の笑みで近づいてきた。市場の裏のコーヒー屋さんから道を教わったらしい。

さおりは三年前に愛知から沖縄にやってきた。最初のころ泊まっていたゲストハウスにたまたま私が遊びにいって、声をかけられて親しくなった。

会うたびに職場も住所も変わっている。その場で思いついたことを、知らない人にもどんど

ん話しかける。私の店先で遠慮なく赤裸々な話をする。型破りな行動と言葉を受けとめられるようになるまで、ずいぶん時間がかかった。メールでけんかをして一年くらい音信不通になったこともある。

この秋、家の事情で愛知に戻ることを決めてからは、毎週のように店に遊びにきた。コーヒー屋の黒糖ラテを飲みながら、陶芸やピアノやパワーストーンの話をしていた。中でも、たもつくんのことをよく話した。たもつくんは大学時代からの知り合いで、いまは沖縄で店をやっているという。

昨日は仕事のあと海に行って朝まで話したよ。先週は岬に寝ころんで星を見たよ。恋人ではない、ソウルメイトだと言いながらいつもロマンチックなデートをしていて、聞いているとつい笑ってしまった。

十月のはじめ、さおりが店に来た。さっき家を引きはらったので、今夜はホテルに泊まる。あさっての朝、フェリーで鹿児島に行って、そこから車で愛知に帰るという。

「でもね、台風が来てるんだよ」

T字路の縦線からはすでに風が強く吹きつけて、壁のポスターを揺らしている。

「明日の夜はたもつくんとドライブして、そのまま港まで送ってもらうんだけどな」

二日後、船は出なかった。

「悲しみ損」

と暗い顔をしている。たもつくんと港で泣いて別れてから欠航がわかったらしい。いいじゃない一緒にいられる時間が増えたんだから、となぐさめてもうなずかない。

翌々日も欠航になった。

「これで最後だね、って何度もお別れするの、つらい」

それはそうだろうな。

「ごめんねともちゃん、いつも聞いてもらってばかりで」

聞くしかできないのだ。哲学者でも占い師でもない私は、どんなに声を聞いてもなんのご託宣も受けとれないのだもの。

さらに翌々日はよく晴れた。今日こそ行けたかなと思いながら開店の準備をしていて顔をあげると、コーヒーをふたつ手に持った男の人が立っていた。目が合う。

「これ、どうぞ」

テーブルにコーヒーを置かれた。知らない人に飲みものをもらうのは怖い。不審に思いながら棚を出し本を並べ、顔をちらりと見て、わかった。たもつくんだ。いつか一度だけさおりと一緒に店のまえを通りすぎた。

「たもつさんですよね」

「あ、わかりますか」

「船は出ましたか」

「はい」

間があって、

「こんなにさびしいとは思わなかった」

どきっとした。私に向けられたとも言えない、放りだされた無防備な言葉。路上でこんな心からの言葉を聞くことはめったにない。歩く人も私も、紋切型を並べてこの場をやりすごしているのに。

「これ、飲んでくださいね。三十分前に買ったから氷がとけちゃったけど」

それだけ言ってたもつくんは去っていった。三十分、待っていたのか。たったひとことを聞いてくれる誰かを。

座ってコーヒーを飲んだら、むせた。甘い。黒糖ラテだ。初めて飲んだ。甘くてぬるくて、なかなか飲みきれなかった。

二千円札

東京ではあたりまえにあったものを、沖縄に来ていくつか失った。たとえばSuica、三井住友銀行、セブン-イレブン。かわりにEdy、琉球銀行、ココストアが現れた。東京では存在に気づかなかったものを、沖縄で見いだしたりもした。たとえば、二千円札。

東京の大きな書店でレジ締めをしていても、お目にかかることはめったになかった。旧千円札くらい珍しかったかもしれない。それが、異動した沖縄の書店では毎日必ず入っていた。その二店と比べると一日の売上が千分の一くらいしかないこの古本屋でも、よくもらう。ほとんどが観光客から。おつりでもらったのか、ATMで出てきたのか。

はじめのころは、いやだった。使いみちのないジョーカーを押しつけられたような気になった。店のおつりとしては使わないので、自分の財布の千円札と両替した。

持ってみると、案外よかった。飲み会で「ひとり二千円ね」と言われたとき、ぴっと一枚で払える。本体価格千五百円や千八百円の本を買うことが多く、このときも一枚ですむ。県外に行けば出すだけで盛りあがり、両替を頼まれたりもする。

一枚で場が治まる、これは切り札だ。すっかり気に入って、ときどき自らATMで二千円札に両替するまでになった。

二千円札は二〇〇〇年七月十九日に誕生した。沖縄サミットが始まる二日前である。お札の表は首里城の守礼門で、裏には『源氏物語絵巻』の絵と紫式部の肖像が使われている。沖縄にちなんだお札ということで、県内では普及に向けた取り組みがいろいろなされているらしい。沖縄県のHPには「知ろう！使おう！二千円札！」というページもある。

〈二千円札の流通が進めば進むほど、全国津々浦々の幅広い層の方々に、日々の生活の中で沖縄に接して頂く機会も多くなります。／沖縄に対する親近感が高まれば、全国の沖縄ファンも続々と増えてゆくことでしょう〉

これはちょっと言いすぎのような気もする。私はまだ沖縄で二千円札を熱く推している人には会ったことがない（二〇一八年一月に沖縄県のHPを確認したら、二千円札のページは消えていた）。

『戦後沖縄通貨変遷史』（山内昌尚、琉球新報社）を読むと、そのうつり変わりの激しさにため息が出る。琉球王国時代は銭貨《ぜにか》を使い、一八七二年に琉球藩が設置されて明治天皇から新貨が交付され、一八七九年の琉球処分によって琉球王国が沖縄県になると日本の通貨を使うようになる。戦後は配給や物々交換による無通貨時代があり、アメリカによってB円が発行され、日本円に移行したかと思うとB円との二本立てになり、またB円時代が来て、一九五八年に米国ドルに統一され、一九七二年の日本復帰で日本円に交換される。

〈お金は時代の鏡〉と著者が書いているように、沖縄が日本とアメリカに翻弄された歴史が通貨にそのまま現れている。そんな経緯があるからこそ、日本円に沖縄が登場したことを感慨深く受けとめる人たちがいるのかもしれない。

「使いづらいお札を無理やりつくるんじゃなくて、千円札に守礼門を入れてくれたらいいのにね」

と知人はこぼしていた。

沖縄では二十ドル札になじみがあるから、二千円札を受けいれやすいという説もあるらしい。米軍基地の多い中部や北部には、いまでもドルを使える店がある。

ある日、店番をしながら『偶然の装丁家』（矢萩多聞、晶文社）を読んでいた。中学校をやめてインドに住み、日本に戻ると個展を開いて絵を売るようになり、やがて本の装丁の仕事を始めた著者のエッセイである。読んでいるとやわらかい言葉が水のようにしみわたり、固まった手足を伸ばしてくれる。

〈いちいち損得を考えるのではなく、お店全体で商品がまわって、赤字にならず、なんとか生活できればそれでいい〉

お母さんの営む輸入雑貨店の値段のつけかたの話だ。そう、細かい計算に神経をとがらせるより、暮らしと仕事とお金をゆるやかに結びつけていきたい。

「すみません」

没頭していると、お客さんに声をかけられた。

「はい」

「これ、千円になりませんか」

さし出されたのはウィトゲンシュタインの『論理哲学論考』。千二百円とつけていた。長い前髪のすきまから大きな瞳が覗いている。観光客らしい。沖縄に旅行に来てウィトゲンシュタインを読むのだろうか。

「いいですよ」

ふだん値引きはしないのに、読みかけの本のおかげで気が大きくなっていた。

「ありがとうございます」

二千円札を渡された。あれ、お金持ってるんじゃない。いやまあ持っているだろうけど。千円札を返し、本を袋に入れて渡す。ジーパンの細い足がさっさと去っていく。

二千円札がいやで千円札に替えたかったのかな、と思う。お札がパキンと割れて千円札とウィトゲンシュタインに姿を変えたような、へんな感じがした。

猫

「ねこねこフェア」をしませんか、と近くの古本屋の人から声をかけられた。

毎年二月、映画館の桜坂劇場を中心とした「桜坂アサイラム」というイベントがあって、那覇の町じゅうでライブやワークショップが開かれる。それに合わせてまわりの本屋も合同でフェアをしようというお誘いだった。

なぜ猫のフェアかというと、桜坂には猫がやたらにたくさんいるから。狭くて急な坂の途中で昼も夜も寝たりうろついたりして、人が近づいても騒がず、なでられたり写真を撮られたりしている。

さて、どうしよう。店に猫の本はないし、猫なんて別に好きじゃない。というか、好きかもしれないと近ごろ思いはじめてはいるものの、まわりの人たちの猫愛の強さを見るとなにも言えなくなる。

棚をあらためて確かめると、猫が出てくる絵本や小説が何冊か見つかった。知らないうちにずいぶんまぎれこんでいた。本さえあればフェアはできる。やってみよう。

猫が好きかもと思いはじめるきっかけをくれたのは、近所の雑貨屋さんだった。水上店舗の二階の小さな部屋で、布の小物をチクチクと縫っている。

夏の終わりの夕方、雑貨屋さんが店にドキュメンタリーの上映会のチラシを持ってきた。テーマは猫の殺処分防止について。

「このまえ、そこの浮島通りでケガをした猫を拾ったの。病院に連れていったりシェルターに入れたり里親会に出たりしていたら、だんだん猫づいてきて、この上映会にも関わることになったの」

「そうなんだ」

「ウララさんは猫好き？」

「どうかなあ」

「ケガした猫、あと二か月で骨がくっついて、シェルターを出られるの。それまでに里親を探したいんだけど、どう？」

iPhoneで動画を見せてくれた。やせた黒猫が柵のなかを駆けまわっている。

「シェルター、すぐ近くにあるから、ちょっと行ってみない？」

気がついたら猫に囲まれてチリトリを手にしていた。雑貨屋さんがホウキで砂を掃く。黒猫が足にまとわりついてくる。こちらが逃げ腰でもお構いなしだ。もう一匹、でっぷりとした茶色い猫がいて、私のかばんからはみ出した紙に噛みつこうとしてくる。押しのけても、またやってくる。

「茶色の子はずっとこのシェルターにいるみたい。黒い子より落ちついてるから、ウララさんと気が合いそうだね。この子を飼うのもいいかもね」

私が、猫を飼う。熱望はしなくても、いずれやらなければいけないことのように思っていた。作家やエッセイストが猫について書いた文章を読むたびに、猫を愛さない人は本に関わる資格がないような、人である資格すらないような引け目を感じた。そろそろ自分以外の生きものと暮らしてみたい気もしていた。とうとう時機が来たのかもしれない。

現実的に考えようとすると、妨げとなるのはやっぱり本だった。家の在庫が噛まれたり研がれたりしたらとても困る。本好きで猫好きの人たちはどう折りあいをつけているのだろう。聞いてみるといろいろな対策はとっているものの最終的には、

「しかたないよ、猫がすることだもの」

と言って納得しているようだった。そこまで愛せてこそ、飼えるのだ。

そもそも住んでいる部屋はペット不可だ。そのあとシェルターには何度か通ったものの茶猫と劇的に親しくなることはなく、雑貨屋さんがしばらく地元に帰省してしまうと、猫を飼う話は頭から消えた。そこに「ねこねこフェア」が持ちあがった。

帰省先から戻った雑貨屋さんに連絡すると、猫ブローチやキーホルダーやポストカードなど、持ちきれないほどの猫グッズを用意してくれた。手づくりの箱とＰＯＰにも猫愛が満ちている。一緒に並べているそばから女の子たちが足をとめては、

「猫ちゃんだ！　かわいい！」

とはしゃぎだす。猫の本もしっかり見てくれて、本屋にもこんな歓声をあげさせることができるんだな、と勇気づけられる。

「なに、猫？」

三軒隣の店のおじさんが近づいてきた。

「お好きですか」

「大っ嫌い」

店にも商品にもおしっこするし、テントを破るし。小さいころに引っかかれてからずっと嫌

いだ。

四軒隣のおじさんも来て、毛が抜けて困るとか鍋にして食べるしかないとか悪口を言いまくる。横のおばさんは、こわくて飼いきれないと肩をすくめる。そっと雑貨屋さんの顔を見ると、ケラケラ笑っている。

「あ、この写真。高良《たから》さんの店の猫でしょ」

三軒隣のおじさんが、ポストカードに目をとめた。この先の太平通りにある高良商事支店の店先で、重ねられた洗面器のなかに猫が入っている。私もよく見かける光景だ。

「いや、本当は隣の奥間さんの猫なんだけど、いつもこっちに来てるのよ」

四軒隣のおじさんが教えてくれた。知らなかった。

嫌いと言いながらちゃんと見ていて、怒りつつも市場で猫と共存している。かわいいと溺愛しなくても、こういうのもいいな。

「市場の人って面白いね」

猫愛も市場愛も持ちあわせた雑貨屋さんは、ケラケラ笑いつづけた。

水まわり

トイレの時間延長の署名を集めているんだけど、よかったら協力してくれないかな、と近くのコーヒー屋さんが紙を持ってきた。すでに書かれているのは見知った名前ばかり。いいですよとペンをとった。

市場通りの店にはトイレがない。みんな牧志公設市場の二階か、通り会の事務所を使っている。公設市場は夜九時には閉まり、事務所はもっと早く閉まる。そのあとは国際通りのドン・キホーテまで走るしかない。

私も店を始めるときは深夜に工事をしたので、苦労した。いまは自分のほうが先に閉める。ほかの店もだいたい同じころ閉める。でも、このごろ夜までやっている飲食店が増えてきた。今度は裏の通りに小さなおでん屋がオープンするという。自前のトイレはつくれないので、事務所を夜も使わせてもらえるよう、まわりの店が立ちあがったわけだ。

おでん屋は先週開店した。夕方、前を通ったら路上まで人があふれていた。でも事務所は相変わらず七時すぎに閉まっている。どうなったのかコーヒー屋さんにたずねた。

「残念ながら聞きいれてもらえなくて、公設市場に合わせておでん屋さんも九時前に閉めるようにしたみたい。通り会のトイレのことでは、いままでもいろいろあったらしい」

店にとっては死活問題だから、みんなぶつかり合ってきたのだろう。夜の店がもっと増えたら、変わっていくだろうか。

水道は、店によってあったりなかったりする。あったのに隣の店と揉めてふさいだという話を聞いた。食堂を始めるために引こうとしたら隣の店に嫌がられ、迂回させられたという話も聞いた。

私の店にはない。向かいの路地の入口にある水道を借りている。私の両隣の店もそうしている。向かいの宝石屋さんが管理していて、水道代はとらずに使わせてくれる。

右の漬物屋さんは、この水道から電気ポットに水を入れてお湯をわかし、お茶を飲んでいる。左の洋服屋さんは、水道はバケツの水くみに使う。お茶をいれるときは斜めまえの琉球銀行に行き、お客さん用の給湯器のお湯を水筒に入れてくる。

「もらうわよ」

と警備員さんに声をかけて。店に戻ってコーヒーか紅茶をいれる。ときどき、私にも粉やティーバッグを分けてくれる。

「お湯は銀行でもらってきなさい」

と紙コップを渡されて、どぎまぎしながら行く。口座もあるし、行員の人たちとも顔なじみだけれど、どうも堂々ともらえない。窓口の横には〈当銀行にはお手洗いがございません。恐れ入りますが公設市場二階をご利用ください〉と貼紙がある。みんな持ちつ持たれつなんだからいいじゃないと思いつつ、やっぱりどぎまぎする。

しかたがないのでお茶は家から水筒で持ってきて、コーヒーはコーヒー屋さんに配達してもらう。毎日買うとそれなりの出費になるから、できれば我慢する。それでも暑い日にはアイスコーヒーを、寒かったらホットコーヒーを、本がたくさん売れたときはごほうびに、売れなくて落ちこんでいるときはなぐさめに、と結局は毎日のように飲んでいる。

店に台所があれば、と思う。心おきなくコーヒーをいれて、昼も夕方も飲みたい。知り合いが来たら出してあげたい。

でも、近所でお金を使うのも悪くない。まわりのお店の人もみんなコーヒーや定食を配達してもらっているのは、台所がないからこそだ。台所とトイレが共同のアパートのように、市場の店はお互いに融通しあって、共存している。

今日は人通りが少なく、ひまつぶしに三百五十円のカフェラテを配達してもらったとたんに三百五十円の文庫が売れた。お金が入らないときは自分から出してみるのがいいのかもしれない。

電気は、ある。メーターはやっぱり共用で、私が隣六軒ぶんをまとめて払っている。それぞれの店には子メーターがあり、みんな月末に自分の使ったぶんを計算してお金を持ってくる。パソコンもエアコンもない雑貨屋さんは月千円にも満たず、鰹節屋さんは電動の削り機のせいなのかいつも高い。

六軒ぶんの電気代から五軒の合計を引いたのが私の店の電気代、のはずが、不可解に高いこともあれば、なぜかマイナスになることもある。原因を追究しかけては、市場だしそんなものか、とやめてしまう。

ここ数年で外国からの観光客が増えて、市場には中国語と英語、ときには韓国語の表記も見られるようになった。トイレの個室にも貼紙が登場した。〈トイレの使い方　日本のトイレには大きく分けて2種類あります〉と始まり、洋式と和式の使いかた、紙の捨てかたが、四種の言語と図で詳しく説明されている。締めの言葉はこう。

〈商業施設でのトイレは無料ですが、お礼の意味も込めて少額の商品でも買うと好感をもたれます〉

好感なんてもたれなくてもいいよね、だいたいトイレのある商業施設じたい市場にはほとんどないのに、と見るたびに思う。

この春、トイレの手洗い場にまた新しい貼紙が現れた。

〈ここは手洗い場です。貝などの海産物を洗ってはいけません〉

市場で買った貝をトイレで洗って食べる人が、いたのだろうか。いるかもなあ、と思わせるのが市場である。

傘

夕方四時をまわって気持ちがだれたところにパタパタと聞こえてきて、身がまえる。業者が台車を押してきたり観光客がスーツケースを引いてきたりすれば問題ない。でも、いつまでも遠くでドラムロールのように鳴っていて、ある瞬間にダダダと打ちつけはじめると、ああとため息が出る。雨だ。また洗濯物を干してきてしまった。

外に干すからいけないのさ、と隣の漬物屋さんにあきれられた。家を出るときにしまってこなきゃ。それはそうなのだけれど、出がけはあんなに晴れているのに屋内に干すなんてもったいない。今日はどうかと案じながら、いつも日光の誘惑に負けてしまう。

スコールに襲われるのはだいたい夕方か深夜か早朝なので、うまくかわせれば何週間も傘をささずにすごせる。いちど降りだしてしまったら、なにをしても無駄だ。外に出ないほうがいい。

沖縄に住みはじめたころ、夜の大雨のなかを十五分ほど歩いた。家につくと、リュックのポケットでiPodが水没していた。傘もさしていたのに。

平和通りの糸洲雨合羽店で買った傘だった。何度か前を通ることがあって、傘が欲しいというより店に入ってみたかった。床一面に広げられた傘のすきまにおばあさんがふたり離れて座っていて、壁にはカッパが吊るされている。

店内にある五百円の傘を見ていたら、それは高いからやめなさいと外に並べられた三百円の傘をさし出された。どうして安いほうを売ろうとするのか解《げ》せないまま、押しきって五百円のを買った。貧しそうに見えたのだろうか。どんな傘だったのか、何回くらいさしていつなくしたのか、覚えていない。

次の傘は市場中央通りの平安山《へんざん》さんの店で買った。その三軒隣で古本屋を始めてしばらくたった日、夕方から大雨が降った。やむまで待とうと思いながら、そういえばまともな傘を持っていなかったと気がついて買いにいった。細長い店内いっぱいに傘がつめこまれ、外にのばした棹にもびっしり掛けられている。平安山さんは店の奥で箱を開け、さらに傘を取りだしている。傘をくださいと声をかけると、あらあら悪いわねと恐縮しながら出てきて、これはどうかな、これはと次々に見せてくれた。迷った末に赤い傘を選ぶと、骨が十二本あるから台風でも大丈夫とうけあってくれ、二百円おまけしてくれた。

気に入っていたのにたった二か月で居酒屋に置き忘れてしまって、次もまた平安山さんの店で買った。光沢のある薄桃色で内側は花柄の、妙に派手な傘。いまのところ、ちゃんと家にある。

傘を持っていなくても洗濯物を干したままでも、店にいる限りはアーケードのおかげでのうのうとしていられる。水に弱い古本屋には本当にありがたいことだ。

このあたりの通りにアーケードが完成したのは、七〇年代後半から八〇年代にかけてだという。それまでは露天だったので、いまもそれぞれの店の上には小さな屋根やひさしがついている。みんな路上にはみ出しているから大変だっただろう。アーケードの設置が市に認められなかったので、各通り会がそれぞれにお金をためて建てたとか、米軍から払い下げられたテント布を使って一晩でゲリラ的に張ったとかいう話もある。

『那覇百年のあゆみ』(那覇市企画部市史編集室、一九八〇年)には、〈一九五〇年ごろの市場前通りの露天野菜市場〉とキャプションのついた写真が載っている。屋根の崩れかけた建物のまえにずらりと台を並べて、野菜を売っている。

〈1948年~9年ごろの平和通り、テント小屋からトタン屋根へと変わり、やや落ちついたころ〉という写真もある。〈雨露をしのぐ程度の貧弱な仮幕舎が不統一のまま並列〉していたのだが、〈大雨のたびごとにガーブ川の氾濫で泥海と化す状態であった〉ため、ガーブ川を暗渠として上に水上店舗を建てた。

『写真でつづる那覇　戦後50年』（那覇市、一九九六年）には一九五二年の〈牧志の青空市場〉の写真があり、一九九一年の〈平和通り／アーケードの中で快適なショッピング〉という写真がある。〈露天〉〈青空〉という文字を見るにつけ、〈雨露をしのぐ〉ことがいかに重要なのかを思い知る。水を防いで初めて、落ちついて商売できる。

アーケードは水だけでなく光も防いでくれる。沖縄の強い日ざしをまともに浴びながら店番することなどとてもできない。本も焼けてしまうだろう。雨の日も晴れの日も、アーケードが守ってくれる。晴雨兼用の傘のように。

戦争で家も仕事も失った人たちが集まって闇市を立ちあげ、長い時間をかけて少しずつかたちづくってきたのが「まちぐゎー」と呼ばれる牧志の商店街である。その中心にある第一牧志公設市場は、老朽化のため建てかえることが何十年にもわたって検討されていた。二〇一五年九月七日、那覇市は公設市場を近くの「にぎわい広場」に移転させると発表した。市場や通りの人たちは、いまの場所で建てかえて欲しいと声をあげてきたのに。市場の歴史も果たしてきた役割も、店の人やお客さんの気持ちも軽んじられたとしか思えない。

新しい市場までアーケードを増設して、人の流れが変わらないようにしますと市は言う。雨露さえしのげればいいわけじゃないといくら言っても、聞きいれてもらえそうにない。

＊　その後すぐに「にぎわい広場」への移転案は撤回され、いまの場所で建てかえることに決まった。二〇一九年に着工予定。

時計

時計を持っていなくても、店にいるとだいたいの時間はわかる。

朝は歩く人がまばらで、店もほとんど開いていない。十時になるとみやげもの屋が開き、個人店の店主も少しずつやってくる。十一時にはほぼみんな開いて、午後の便で帰る観光客が昼食や最後の買いものに来て通りがにぎわう。一時をすぎて歩く人が減ると、店の人たちが食事をとりはじめる。

四時になるとラジオ体操の音楽が流れ、アーケードのイルミネーションが点灯する。五時すぎから仕事を終えた地元の人や、夕方の便で来た観光客が現れる。六時をすぎるとみんな少しずつ店を片づけはじめ、「さよなら」と声をかけながら帰っていく人もいて、七時にはだいぶシャッターが下りる。九時にアーケードの電気が消えて、一日が終わる。

昼の一時から四時まではいつも停滞ぎみで、時間がたつのが遅い。お客さんが少なくてぼんやりしてしまい、今日は本当に終わるのかしらという気分になる。でも夕方をすぎると誰か訪ねてきて本が売れたり届いたりして、パタパタしているうちに閉める時刻になっている。人が動けばものが動き、時間も動く。市場の時間を動かすのは、時計ではなくて人なのだと思う。

「沖縄時間＝ウチナータイム」という呼びかたがあるように、沖縄には独特の時間が流れているとよく言われる。確かにこうして市場で人を見ながら時間をはかっていると、多少のずれはどうでもよくなる。営業時間を明記している店のほうが少ないし、腕時計をしている人も見ない。業者との打ち合わせでも、何時に、と約束している人はほとんどいなさそうだ。店は待つのが仕事でもあるから、相手にはいつ来てもらってもかまわない。こちらは開けたら閉めるまでそこにいる、それだけだ。

「これから出るね」

そんなメールをよくもらう。「何時に行きます」ではなく、「これから出ます」。何分かかるかわからないけれど、そのうち来るという意思表示だ。途中で渋滞につかまっても忘れものを取りにひき返しても、遅れたことにはならない。

飲み会も一緒だ。「今日飲みにいこう」「いいよ」「じゃああとで連絡する」というやりとりの次は「これから出るね」。それを見て私も準備を始め、相手の着きそうな時間を想像しながら、出る。飲み会の開始時刻は、みんなが店に着いたとき。ここでも時計ではなく人の動きが時間を決めている。

東京にいるときは、携帯で駅への到着時刻を調べて相手に連絡したりしていた。沖縄の交通手段は主に車で、そもそも時間が読めない。時計にふり回されないからゆったりして見えるし、またいい加減にも見えるのだろう。

私の店には時計はなくても、カレンダーはある。まわりの店にもだいたいある。納品日や発送日のほか、友だちが来るとか孫の運動会とか、プライベートな予定まで書きこんでいる人が多い。そして必ず旧暦が併記されたカレンダーを使っている。旧正月や旧盆だけでなく、毎月の拝みや季節の祭りなど、沖縄では旧暦にしたがってなすべき行事がとても多いらしい。

沖縄に来た年の秋、働いていた書店にたくさんの沖縄手帳が入荷してきたのを見て私も買おうと思いつつ、使いこなす自信はなかった。やるべき行事もないのに。それでも、買ってみたら役に立った。大きな行事のまえにはそれに関連したフェアをしたり、行事の当日はイベントを組まないようにしたりと、仕事のうえでもよかったし、沖縄の人たちがどんなふうに動いているのか、ぼんやりとでもわかった気がした。

市場で店を始めてからは、ますます役に立っている。まわりの人と話していると、しょっちゅう旧暦が出てくる。

「明日は休むね」

「どうしてですか」

「十六日だから」

ジュールクニチー？　手帳を見ると、旧暦の一月十六日は「後生《グソー》の正月」。死者のお正月だった。

「お隣の漬物屋さん、今日は休むはずね」

「どうしてわかるんですか」

「スクが水揚げされるからさ。いつも旧暦の六月一日か七月一日に、大潮にのって押し寄せてくるんだよ」

いつも一日に？　不思議に思いながら手帳を確かめたら、一日はみんな新月と大潮の印がついている。そうか、旧暦は月の満ち欠けにもとづく暦で、月と海の動きは関連しているのだから、不思議でもなんでもないのか。海が身近な島だから、沖縄ではいまでも旧暦が使われているのかもしれない。

古本屋を始めてからも、沖縄手帳は新刊で卸してもらっている。数あるなかでも、私がずっと使っている沖縄手帳社のものを。新書サイズでカバーは無地、色が毎年三通りある。最初のころは黒を使っていて、途中から白やクリーム色に変えた。ところが、このまえ入荷した来年の手帳は、黒・ピンク・パープルの三色。カタカナで書きたくなるような派手な色あいで、とまどった。でも、浮かれた色で浮かれた一年をすごすのもいいかもしれない。

「もうこんな季節なんだねえ」

そう言って、さきほど女性がピンクを買ってくれた。年末だと思うと気が急くけれど、人丈夫、来年の旧正月は二月八日。まだまだ先だわとすべてを先送りにして、のんきに暮らしている。

古着

二月のはじめ、ブラジル在住の記録映像作家の岡村淳さんを招いてドキュメンタリーの上映会を開いた。羽田から飛んできた岡村さんが会場に現れると、スタッフのあいだに笑いと歓声がわき起こった。

岡村さんは三十年ほど前にブラジルに渡り、日本人移民や社会・環境問題をテーマにした映像を撮りつづけている。二年前にも那覇で上映会を開いて、映像はもちろん、岡村さんのお話やサービス精神、そしてだじゃれにみんなすっかり魅了されていたから、こうしてまた迎えられて嬉しかった。

初日は会場のお客さんに多数決をとって上映作品を決めた。そのうち一本は、考古学者がアマゾンの奥地で岩に彫られた絵を発見するというものだった。彼女は調査地に入るとき、お金ではなく古着を持っていく。お金を持ちこむと土地の秩序を乱すから、と話していた。

翌日は、ハンセン病患者や〈土地なし農民〉の支援をブラジルで続ける日本人神父の記録を上映した。教会に日本から送られてきた古着を、シスターが仕分けする場面があった。

上映のあと、岡村さんと並んで機材を運びながら、いまでも古着はああやって活用されているのか尋ねてみた。考古学者はお礼として古着を持っていくのはやめ、教会でも以前のようには重宝されていないという答えだった。

上映会の初日の未明に台湾で地震があった。ネット上でさまざまな支援が呼びかけられるなか、「古着は送らないで。ごみになります」という書きこみを見つけた。かつてはあたたかい贈りものだった古着が、いまやごみでしかない。着るためだけの洋服ならあり余っている。古着はもはや生活必需品ではなく嗜好品になったのだろう。

古着とちがって、古本は昔から嗜好品であるはずだ。それでも昭和の小説を読むと、貧しい主人公が蔵書を売って生活の足しにする場面がよくある。古本なんて一冊数十円にしかならないじゃないの、といつも腑に落ちなかった。

いま古本屋になってみて、確かに紙幣に換えられる本もあることはわかったものの、そんな本はごく一部。商品価値を認められる本は、時代を経るごとにますます少なくなっているような気がする。

ともあれ、古本屋を始めてから古着屋にも興味が出てきた。古物商の申請書にマルをつければ、古本も古着も扱える。古着屋の知り合いも何人かできて、組合はなくても卸業者がいるとか、安い中国製の服が出まわるようになってから厳しくなったとか、いろいろ話を聞いた。

二月の終わり、店で『かざぐるま』という本が売れた。売れたとたんになぜか急に気になって、市立図書館で借りてきた。

明治生まれの新嘉喜貴美《あらかききみ》さんという人のエッセイ集である。当時の那覇の風俗が描かれ、伊《い》波普猷《はふゆう》、東恩納寛惇《ひがしおんなかんじゅん》といった沖縄学の重要人物が身近に登場し、夫が経営する新星堂書房という本屋の話や、貴美さんが国際婦人クラブの会員として東南アジアに出かけた話も書かれていて、読みどころがたくさんある。

そのなかに、「フルジマチ（古着市場）」という章を見つけた。

〈西村と東村の中間の広場が、夕方近くから那覇の嫁たちの古着売りの内職をする場所である。質屋業は金持ちの若い嫁たちの仕事であった。（中略）質の着物が決められた期限を過ぎると、質流れとなっても文句はなかった。それは一般に安くしてあるから買手は多く、すぐ用たしできる便利さがあった〉

戦前の那覇の市場は、いま私の店がある牧志ではなく東町にあった。写真や文章からなんとなく知っているつもりでいたけれど、魚や野菜、かごや陶器に目が向いて、古着も扱われていたとは思わなかった。

紅型《びんがた》や芭蕉布《ばしょうふ》のほか、〈中国産の絹織物の古着まで出る〉と書かれている。このころの〈中国産〉には、いまとはまったく別の意味あいがあっただろう。

古着の市場の写真も見つけた。愛知にある「高浜市やきものの里かわら美術館」の企画展『昭和15年の沖縄―坂本万七の写真作品による―』の図録をめくっていたら、〈那覇の古着市〉という写真が出てきた。地面に敷かれたすのこの上に、きれいに畳まれた反物がずらりと並び、そこに琉装の女性が座って店番している。

ただし、同じ写真が『坂本万七遺作写真集　沖縄・昭和10年代』（新星図書出版）にも載っていて、こちらのキャプションは〈那覇東町の布町《ぬのまち》〉となっている。

古着と、布。別ものようでいて、もしかするとそれほど区別されなかったのかもしれない。夏に恩納村の博物館に行ったとき、昔の暮らしを紹介するパネルに「母親は寝る間もなく布を織って家族の着物をつくった」というようなことが書かれていて、そうか、布から織るのかと愕然とした。芭蕉布を織るための芭蕉も、かつてはそれぞれの家で栽培していたと聞く。糸から自前でつくる時代なら、布と着物などほんの一工程の違いしかない。布が炊いたご飯だとしたら、着物はおにぎりだ。ちなみに『かざぐるま』の貴美さんのお家は、機織の女性を住みこみで雇っていたそうだ。

現在の那覇の市場には衣料部があり、みやげもの屋にも衣服があふれている。Tシャツ、ムームー、紅型のプリントのエプロン、店の外に積みあげられた下着。どれも、新品である。

ミルク

店を閉めたあと知人の車に乗せてもらい、あがた森魚《もりお》さんのライブに出かけた。東京に住んでいたころはよく行っていた。沖縄で見るのは二回め。そのあいだにあがたさんはたくさん歌をつくって何枚もCDを出して、ますます元気そうだった。

アンコール前の最後の歌は「佐藤敬子先生はザンコクな人ですけど」。MCでは、小学校の担任だった佐藤敬子先生が給食の時間にヤギのミルクを無理に飲ませようとするので、つい先生の手を噛んでしまったというエピソードが披露された。この話は「山羊のミルクは飲くさいオイラの願いは照れくさい」という別の歌になっている。

帰りの車で、知人がつぶやいた。

「飲まされたのは本当にヤギのミルクだったのかなあ」

「どうして?」

「給食で出すほどヤギのミルクがとれたとは思えなくて。あがたさんが小学生だったのって一九五〇年代でしょう。脱脂粉乳だったんじゃないのかな」

知人は沖縄の家畜に詳しいので、なんだか説得力がある。でも、ヤギのミルクの歌が好きな私は「あがたさんは北海道の人だから地元にヤギがいたのかもしれない」と反論してしまった。なにも知らないのに。

私が自分の店や本屋の仕事についての本を出すことになって、絵を漫画家の高野文子さんに描いていただいたときも、ヤギのミルクが話題になった。

「店の外観」「買取に使う車」「古書組合の市」など高野さんが要望されたものを写真に撮って、編集部に送った。しばらくするとイラストが届き、「おかしなところがあれば教えてください」と添えられていた。

シンプルなのに奥ゆきのある線で描かれた店と私は、まるで高野さんの漫画の世界に入りこんだようだ。すごいすごいと興奮しながら見ていって、「レジまわり」の絵にびっくりした。電卓や小銭入れの脇にストローのささったプラスチックのコップがあり、ヤギのイラストと「やぎみるく」という文字が入っている。お送りした写真には、近所のコーヒー屋から配達してもらったアイスコーヒーが写っていたのに。どこからヤギが？

そういえば、私の店の前身である「とくふく堂」はヤギミルクを販売していた。店内に小さな冷蔵庫があって、缶のさんぴん茶や伊江島の「伊江ソーダ」にまじってヤギミルクも置いていた。賞味期限が短くてさばくのは大変だけど、意地になって置きつづけているんだと店主は話していた。

「だから宇田さん、一本どう？」

とくふく堂時代に何度かすすめられたけれど、飲まなかった。ウララでも扱っていない。

絵を描くときは対象を細かいところまで観察し、徹底的に調べるという高野さんだから、きっとどこかでとくふく堂のヤギミルクのことを知ったのだろう。フィクションとして描かれたならかまわないものの、念のため事実もお伝えしておこうと思い、「私はヤギミルクは飲んだことがありません」と書き送った。「わたし子どもの時分、よく飲みましたよ」とお返事が来て、完成稿にもやっぱり「やぎみるく」が描かれていた。

あがたさんがとても飲めないと歌ったヤギミルクも、高野さんにとってはいい思い出なのだろうか。新しい発見が楽しかった。

沖縄ではヤギは身近な存在だ。お祝いごとがあればヤギ汁をふるまい、つい最近までは庭でヤギをつぶすこともあったそうで、肉を食べることが生活に根づいている。でも、乳はまず飲まないらしい。

戦時中から戦後にかけて、ヤギの乳は貴重な栄養源だった。それでも普及しなかったのは、〈県民の嗜好に合わなかったことが理由といわれている〉（『沖縄でなぜヤギが愛されるのか』平川宗隆、ボーダーインク）。一九六〇年ごろからは乳用牛の飼育頭数が増え、乳用ヤギの数は減ったという。

ヤギは世界で最も古くから飼われている家畜のひとつで、人が最初に搾乳したのもヤギだったそうだ。ヤギ乳は牛乳よりも消化しやすく、人の母乳にも似ているらしい。なのにすっかり牛乳に押されているのは、味のせいか、給食に取りいれられなかったためか。

学校給食の本を見ると、終戦直後にアメリカから給食用の脱脂粉乳が寄贈され、パン＋ミルク＋おかずが給食の主流となったようだ。六〇年代には脱脂粉乳でなく牛乳を出す学校が少しずつ増えていった。

あがたさんと同世代の沖縄の人に聞いたら、

「給食はずっと脱脂粉乳だった。ヤギのミルクは飲んだことがない」

と言われた。でも北海道の小学校ならもしかしたら、とやっぱり思いたい。

ちなみに私は牛乳が飲めない。飲むとお腹が痛くなるので、「健康のために飲みなさい」と強要されても困る。このごろは「牛乳は体に悪い」という説も聞くけれど、本当のところはどうなのだろう。だいたい人の母乳だって赤ちゃんのうちしか飲まないのに、なぜほかの動物の乳を大人が堂々と飲むのか。

ミルクには医療や畜産や食品業界の利害が複雑にからんでいて、一筋縄ではいかない。それでも根っこには「健康になりたい」という人類の切なる願いがあるかと思うと、健気にも思える。乳で育つ哺乳類にとって、ミルクはいつまでも一大事なのだろう。

ii

地元の町、遠くの町

小さな冊子

小さな冊子をつくっている人たちがいる。ミニコミ、最近ではZINEと呼ぶのがふつうなのだろうか。ほとんどの人には知られず流通にも乗らず、小さな輪のなかを行き来して、本棚のすきまに落っこちたり紙の束にまぎれこんだりしてどこかに行ってしまうような冊子。

なんとなく若者がつくるものだと思っていたのが、沖縄に来てから認識をあらためた。ZINEを「個人誌」や「同人誌」と言いかえれば、年配の人のほうが盛んにつくっている。特に詩人の人たちは、戦前や戦後の大学生のころから同人誌を始めて、一号でやめたり三十年近く続けたりしている。

そんな地元の同人誌が、ときどき古本屋の業者市に出品される。どの業者も持て余し、店頭でもまず売れないのに、目のまえにあるとつい買ってしまう。一編ずつ読むでもなく並べて眺めているうちに、ひとりひとりが見えてくる。またこの人が新しい雑誌を始めているとか、あれこの号でひとり抜けた、なにかあったのかなとか、内容よりも同人の動向に目を奪われる。編集後記で裏話や時事的な話題がわかり、広告も楽しめる（八〇年代の同人誌には地元の書店やバー、喫茶店がよく広告を出していた）。

誰かの寄稿が見つかって、その号だけお宝になることもある。「単行本未収録原稿を発見」というニュースになれば面白いし、ニュースにならないような人を自分で発掘できたらもっと面白い。

小さな冊子はいまも県内外のあちこちでつくられている。私も買ったりもらったり、委託されて売ったり、ときに頼まれて書きもする。書きながら、誰か読んでくれるのだろうかと思う。私と、依頼してくれた人だけだったりして。いや、執筆者の誰かがいつか有名になって、この冊子も注目されるかも。妄想したところで後世に残せるような文章が書けるわけもなく、いつも忘れたころに冊子が届いて赤面する。

ミュージシャンの「くじら」こと杉林恭雄さんが『ふたりのラジオを鳴らそうよ』というCDを出したとき、特典冊子の「焚火社新書」に寄稿させてもらった。私の店でCDを買えばこの特典がつくことになり、全国からCDの注文が来た。

ある日、深夜に注文のメールが届いた。なんとなく差出人の名前に見覚えがあるような気がする。本文を読みすすみ、ひとりで叫んだ。

「郷《ごう》ちゃん！」

何年もまえに『ku:nel』（マガジンハウス）で覚えたあだ名だった。

そのころ東京の新刊書店で働いていた私は、貸本屋にあこがれていた。小さな古本屋をやりたい、でも本は手放したくない、じゃあ貸せばいいんだと思いついたものの、どうしたって生業にはならないとあきらめていた。

そんなとき、立ち読みした『Lmagazine』（京阪神エルマガジン社）に、大阪の「貸本喫茶ちょうちょぼっこ」が載っていた。四人の女性が週末だけビルの一室で開ける貸本屋。こんなやりかたがあるのかと驚いて、その小さな記事のために買った。翌年九月の『ku:nel』でもっと詳しく紹介されていて、四人の顔とあだ名を覚えてしまうくらいに読みかえした。

いつか行きたいと思っているうちに、「ちょうちょぼっこ」は閉店した。そのあと出た『BOOK5』第七号（トマソン社）に、メンバーのひとりの真治彩《しんじあや》さんが閉店について率直かつ愛のある文章を書かれていて、やっぱり「ちょうちょぼっこ」はすてきだなと思った。

郷田貴子《たかこ》さんは同じ号に載った私のエッセイの感想もメールに添えてくれていた。つい「ちょうちょぼっこ」にあこがれていたことまで書いて返信し、ＣＤと冊子を送った。

秋のはじめ、郷田さんからメール便が届いた。くじらのアルバムここちよいです、冊子もすてきですねという手紙と一緒に、『本と本屋とわたしの話』という冊子が入っていた。読んで驚いた。郷田さんが「ちょうちょぼっこ」の思い出とともに、くじらとウララの話を書いてくれていた。十年ごしの片想いが成就したような気がした。

三十年もたてば、小さな冊子たちはどこかにまぎれてすっかり忘れられているだろうし、私の古本屋も閉店しているだろう。それでも、大阪と沖縄の小さな店が一瞬だけ交わったことに関心をもつ酔狂な人が現れるかもしれない。現れなくてもいい、可能性があるだけで楽しい。

今日も私は店で小さな冊子を開く。三十年前、ここで人々が出会ったり喧嘩したりしたこと、いろいろな気持ちがここから生まれたことを想像する。

四足のくつ下

最初にその習慣を知ったのは、久しぶりに東京に遊びにいった秋の日だった。朝から雨が降って冷えこみ、薄いはおりものしか持ってこなかった私はすっかり縮こまっていた。なのに待ち合わせの池袋駅に現れた彼女は七分そでのシャツ一枚で、ゆったりと微笑んでいた。

「そんなに薄着で平気なの？」

山手線に乗ってようやく少し落ちつき、たずねた。

「平気だよ。くつ下いっぱいはいてるから」

足もとを見る。ツルリとした赤い長ぐつをはいている。小学生みたいだ。

「いっぱいって？」

「四枚重ねてるの」

「四枚？」

「一番下にすべすべした絹の、先が五本に分かれているやつをはいて、次がウールの五本指、その上にまた絹、これは普通のかたちで、一番上がこれ、綿」

長ぐつの下のくつ下を引っぱってみせる。どうしてそんなことを思いついたのだろう。

「重ねばき用にセットで売ってるんだよ。冷えとりくつ下、はやってるの知らない？　足の冷えをとると全身が暖かくなって、冬でも半そででいけるよ」

まさか。

「逆に夏でも足は冷えるから、くつ下は四枚はくんだよ。おかげで夏バテしなかった」

「洗濯はどうするの」

「うん、それが大変でね」

一日に四足のくつ下。並べたら八枚。洗濯ばさみからズラリとぶらさがるくつ下を想像したら、こわくなった。

高田馬場で降りて傘をさしてふるえながら歩き、地下の喫茶店でサンドイッチを食べた。近ごろ十五歳年下の彼氏ができて一緒に住みはじめたと聞かされた。彼氏は洗濯かごに八枚ずつ増えていくくつ下をどう思っているのだろう。

その後、くつ下を四枚重ねしている人に何人か会った。「冷えとり」をキーワードにした本も目につくようになった。それでも本当にはいているとは信じられなかった。

くつ下は目立たないながらも、くつのかたちを物理的に決めてしまう。くつ下を四枚重ねた上からパンプスをはくことはできない。幅の広いくつや大きめのスニーカーしかはけない。そうなると服装のみならず、職業や交友関係にまで影響が出てくる。くつ下をきっかけにして、みんなそんな大革命を起こしているのだろうか。それとも最初から自由な仕事をし、自由な服を着ている人だけが取りいれているのか。

かくいう私は会社員だったころからおじさんのような平たいくつばかりはいている。足の冷えもひどい。半信半疑のまま、一セット買ってみた。

片足四枚もあるから順番がわからない。説明書を見ながら糸の色を確かめ、一枚ずつ慎重にはいていく。起きたらどうなっているだろうと、グレゴール・ザムザの気持ちで眠る。

目がさめても特に変身してはいなかった。暖かさは一枚はいて寝るのとあまり変わらないし、みなさんの体験談のように部屋が臭くなったりくつ下に穴があいたりということもない。一回ではわからないのかもしれない。

一セットしかなく、はく手順も面倒なので気が向いたときだけはくうちに、はいた日はひどい悪夢を見るようになった。それもデトックスの一環です、と言われそうだけれど、はく前から身構えてしまう。ふとんに入るときくらいは安心していたい。次第にはかなくなった。

小島信夫の短編集『ラヴ・レター』(夏葉社)のなかの一編「夢」で、小島本人を思わせる主人公はZ師という人物を知る。妻がプールで出会った女性が、Z師に帰依していたのがきっかけだった。

女性は〈老作家の家へもやってきて、粗絹で出来た一本一本指のところが割れた靴下をすすめた。その靴下は寝るときにもはき、起きているときには、その上に普通の形のものを重ねて、三枚ぐらいはくといいとすすめた〉。老作家はこれが気に入り、Z師と疎遠になってからもこの習慣は続けている。

「夢」が発表されたのは一九九七年。くつ下を重ねばきするのはここ数年の流行ではなく、一部の人たちが前から続けてきたことなのだと知る。小島信夫(らしき作家)まで実践していたなんて。作家がZ師に帰依する女性たちの集まりに参加すると、〈いわれるままに靴下まではいているのは、彼ひとりであった〉。やはり実践するのは大変なのだ。

たるんだルーズソックスやくるぶしまでのスニーカーソックスは変だと思いながらも受けいれてきたけれど、今回はどうも引っかかる。四足のくつ下に依存するようにはなりたくないのかもしれない。はだかで生まれてきたのにはだしでいられないなんて、つまらない。

地元の人

商店街のなかで店をやっているので、買いものの途中に寄ってくれるお客さんが多い。みんなたいていどこかの袋を持っている。

肉や野菜の入った袋を抱えているのは、市場での買いだしのついでに古本屋にも寄ってくれた人。大荷物なのに本まで買って、持ちきれるのかこちらが心配になる。うしろ姿の腕が抜けそうになっている。

ジュンク堂やリブロの袋を持っているのは、どうしようもなく本が好きな人。本屋を見ると入らずにはいられないのだろう。

観光客はかなりの確率で「御菓子御殿」の紙袋をさげている。紅いもタルトのような紫と黄色の袋。よく売れているのだな。

白地に赤く「OKINAWA」と文字が入っていてシーサーが描かれたレジ袋は、一番よく見る。

大きさや柄が何種類かあって、市場近辺の店はみんな使っている。私の店も。おみやげの入った袋をいくつも持った観光客に、同じ袋に本を入れて渡すと、本も一緒におみやげになったんだと思えてちょっとおかしい。

三越の紙袋をさげているのは、地元の年配の人が多い。地元といっても、少し離れた町に住む人や、離島から来た人もいる。那覇に出てきた晴れがましさがにじんで見える。

一九五七年に開店して、国際通りの中心で栄えた沖縄三越は、二〇一四年の九月末で閉店することになった。五月の発表以来、閉店を惜しむ声が地元紙にしばしば投稿されている。「屋上で子どもを遊ばせて一日を過ごしたものです」「人の家を訪ねるときはいつも手みやげを買いにいきました」。私は月に何度か地下の食品売場でお弁当を買っている。お弁当はほかの店でも買えるけれど、あの紙袋が見られなくなるのはさびしい。

国際通りにはかつて、沖縄山形屋という大正時代に開業した沖縄で最初のデパートがあった。こちらは一九九九年に閉店したので、その十年後に那覇に住みはじめた私は行ったことがない。ほかにもマキシー、フェスティバルビル、国際ショッピングセンターなど、閉店した商業施設がたくさんある。いずれも開いていた姿は知らない。知らないのに、名前を聞くとなつかしい感じがする。いろいろな人に話を聞いて、自分もそこにいたような気になっている。地下のゲームセンターで男子が騒いでいて雰囲気が悪かったとか、家族で出かけた帰りにドムドムハンバーガーに寄るのが楽しみだったとか、にせの思い出をいくらでも語れそうだ。私が横浜のイトーヨーカドーやファーストキッチンでしていたことと、きっとそんなに違わない。

簡単に敷衍《ふえん》できないことも、もちろんある。たとえば市場界隈の店の話。個人で経営している店が多いこともあって、店の人の立ち居ふるまいまで含めて思い出になっている。おばあさんがひとりで九十二歳までやっていたとか、すごくきれいなお姉さんがコーヒーを出してくれたとか。ほかには代えられない、その店だけのできごとだ。

本屋と映画館の話には特に思いいれを感じる。あの本屋でこの本を買った、あの映画館でこの映画を観たという記憶がみんなはっきりしていて、そこに通って長い時間をすごし、大事なものにたくさん出会ったことがよくわかる。その場所がなくなっても、ずっと覚えている。

自分の住む町にこんなに関心を持ったのは那覇が初めてだ。それも昔のことが気になって、話を聞いては本を読んでいる。那覇に生まれ育った人のなかにも、古い地図を見ながら町を歩いたり、消えた道や建物について絵や文章を書いたりしている人がいる。激変しつづける町がそうさせるのだろうか。那覇はかつては浮島で、海辺の埋め立てをくり返しながら市街地を形成していった。それが沖縄戦で壊滅させられ、道まで変わってしまった。いまもどんどん新しい道路がのび、店が入れ替わっていく。昔を想像し、記憶を書き残し、いまを記録しておかなければ忘れられてしまう。

先日、私の書いた本を読んだという人が店に来てくれて、

「〈地元の本を地元で売るのに憧れた〉と書かれていますが、どうして沖縄が〈地元〉なんですか」

とたずねられた。思いもよらない質問に、初めてその言葉の意味を考えてみた。

「〈地元〉というのは私の、じゃなくてお客さんの、です。私は小さいころに引越しもしていて地元と呼べる場所がないから、それを持っている人がうらやましくて、本を売ることで関わりたかったのかもしれません」

帰ってから辞書をひいたら、〈地元〉は〈自分の住んでいる場所〉とあった。生まれた場所じゃないのか、とびっくりした。じゃあ私も那覇を地元と呼んでもいいのか。地元の店として地元の本を売って、地元の人になれたら。おこがましいようでまだとても名乗れないけれど、ひとつ希望を見つけた気がする。

かつての隣町

沖縄に住みはじめたころ、仕事の帰りに同僚たちと夕飯を食べる店を探していて、もんじゃ焼きの看板の下でなんとなく足が止まった。

「珍しいですね」

食堂でも居酒屋でも沖縄料理ばかり食べていたので新鮮に見えた。

豚キムチに海鮮明太子に、ゴーヤー焼きといった沖縄らしいメニューもつい注文して、ちまちまとはがしながら食べた。

食べ終えてトイレに入ると、洗面台の脇に店の名前の由来を書いた紙が貼られていた。

「つるみ」は、神奈川県横浜市鶴見区から来ています。鶴見区の「仲通り商店街」は、関東でも指折りのもんじゃ焼き屋密集地帯です。また、この通りは沖縄の人が多く、「沖縄ストリート」とも呼ばれていました。沖縄からの移住者も、もんじゃ焼き屋を出していたといいます。

一行読むごとに感心した。まず、この店の名前が「つるみ」だと初めて知った。それから、鶴見にもんじゃ焼き屋が多いのを知らなかった。さらに、鶴見が沖縄と縁の深い場所だとも知らなかった。

横浜市鶴見区は、私が小四から大学まですごした町の隣にある。家から最寄駅へ向かう道には鶴見行きのバスが走っていたし、高校で一番仲のよかった友だちは鶴見の生まれで、私のきょうだいは鶴見の高校に通っていた。そんな身近な町ながら特に用事もなかったので、足を踏みいれたのは二回くらいだろうか。もんじゃ焼きや沖縄料理の店のまえを通りすぎていたのかもしれない。

「この店の名前、横浜の鶴見からとっているらしいですよ」

席に戻って話してみても、みんな関西から異動してきた人たちなので驚きは伝わらない。だいたい私自身がぴんと来ていない。

そのあとすぐ、横浜育ちで大学入学のときから沖縄に住んでいる人に会って、沖縄暮らしの極意をあれこれ教わった。

「自己紹介するときは、川崎から来ましたって言うといいよ」

「どうしてですか」

「川崎には沖縄の人がたくさん住んでるから、親近感があるみたい。横浜って言うよりいいよ」

なるほど。横浜の出身です、と言うと「都会だねえ」とからかわれる感じがあったので、これまでは「神奈川です」と言うようにしていた。それでも結局「横浜？　横須賀？　それとも鎌倉？」と追究されるのだけれど。鶴見です、でもいいのかもしれない。

それから何年かたって古本屋を始めた私は、「つるみ」の近くの広場で開かれた古本市に参加した。私の売場のまえでしばらく立ち読みしていた知り合いが、

「これ、沖縄本だね」

と文庫をさし出した。『タイムスリップ・コンビナート』（笙野頼子、文春文庫）。

「え、違うでしょう」

だいぶまえに読んだけれど、そんな話ではなかったような。裏表紙の紹介文を見ると、「海芝浦」「オキナワ」という地名があった。うっすらと記憶が瞬き、ぱらぱらとめくってはっきりした。

「そうだった。鶴見の話です」

ＪＲ鶴見線の終点の海芝浦駅は、ホームの片側が海、片側が東芝の工場になっている。小説の〈私〉は妙な電話をきっかけに海芝浦に行くことになり、鶴見線の浅野駅で降りて沖縄会館で買いものをし、沖縄料理店に入って沖縄民謡を聞きながら沖縄そばを食べる。

私がこの本を読んだときは鶴見の隣に住んでいたので、そちらに気をとられて沖縄のくだりは頭に残らなかった。このころは沖縄で沖縄の本を売るようになるなんて思ってもいなかった。いまは本に少しでも沖縄が出てくれればすぐ反応するのに。

鶴見線の車窓から運河や石油タンクを見た〈私〉は、自分の生まれた四日市を思いだす。四日市のコンビナートに行ったことはないのに、教科書で見た写真から既視感が生まれているのだ。さらに、子どものころアメリカ土産だと思いこんでいた箱入りのチョコレートは、父が復帰前の沖縄で買ってきたものだったと思いだす。家に帰って母と電話をすると、母が四十年前に東芝の海芝浦の工場に出向していたことを初めて聞かされる。名前も知らなかった鶴見という場所から、過去がつながっていく。

小説を読みかえしている私も、知らないはずの鶴見の記憶を思いだす。人と自転車がときどき通る商店街。スナックの外壁にＪＡＬの沖縄旅行のポスターがはためき、もんじゃ焼き屋の軒下には泡盛の空き瓶が並んでいる。くもった空の向こうに煙突が見えて、沖縄とは違う乾いた風が強く吹いている。

いま住んでいるのでもなくいつか住んでいたのでもない、でも覚えのあるような、親しい人たちが出入りしていた町。かつての隣町は、こんなに遠くまで来てようやくつながって、なつかしい名前になった。

春よ来い

年越しはどうするの、と聞かれて那覇にいますと答えたら、「春よ来い」みたいだね、と笑われた。二〇一四年の十二月三十日。

「春よ来い」は、バンド「はっぴいえんど」の最初のアルバムの一曲目に入っている。故郷を離れてひとりぼっちで新年を迎える歌だ。松本隆が詞を書いて、大瀧詠一に「曲つけてみてよ」と渡したらしい。

歌詞のように〈家さえ飛び出なければ〉とは思わないけれど、神奈川からひとり沖縄に移り住んだ自分を重ねて聴いたことは確かにある。岩手から東京に出てきた大瀧詠一は、麻布育ちの松本隆にこんな詞を書かれてどんな気がしたのだろう。

この日は大瀧詠一の一周忌で、NHKではっぴいえんどの特番が組まれた。細野晴臣と松本隆は二枚目のアルバム『風街ろまん』をふり返り、一九六四年の東京オリンピックで消えた風景の記憶を集めてパノラマのように組みたてた街が「風街」なのだと語った。細野も松本も、もうひとりのメンバーの鈴木茂も東京出身である。

またしても大瀧詠一のことを考えた。東京オリンピックの三年後に上京してきた彼は、「風街」のイメージを共有できたのだろうか。東京と岩手では、街並みも情報もいま以上に違っていただろう。

明けて二月、上京する機会があって、初めて福生《ふっさ》に行った。大瀧詠一が一九七三年から亡くなるまで住んだ街である。新宿から青梅線直通の中央線に乗る。

「大瀧詠一には『福生ストラット』って曲があるよ」

横に座る福生育ちの友人が教えてくれた。はっぴいえんど解散後、福生の自宅にスタジオをつくった大瀧が最初に録音したのが「福生ストラット（パートⅡ）」だという。〈福生行きの切符買って（お守りに）〉と、コーラスとともにひたすら明るく歌いまくる。

「このころ、福生の切符が縁起ものとしてはやったらしい」

「福が生まれるから」

「そう。でも、〈福生行きの切符〉には別の含みがあると思う」

「どういう意味」

友人いわく、当時は自動改札がないのでキセルができた。福生の入場券や福生行きの切符があれば、東京から初乗り運賃で帰ってこられる。だから〈福生行きの切符〉は〈お守り〉。「俺も昔はよくやったよ。八高線の東福生は無人駅だったし」

そうか。大瀧詠一は車に乗っていそうだけどな。

一時間かけて福生についた。歩いていくと国道16号線にぶつかり、向こうに横田基地が広がっていた。国道沿いにはピザ屋や家具屋や楽器店が並び、英語の看板も目立つ。コザのようだ。沖縄本島の中部にあるコザこと沖縄市には嘉手納《かでな》基地があり、米兵向けのバーや洋服屋が多い。たまに那覇からコザに行っても気後れしてしまうように、福生でもどうも落ちつかなかった。ライブハウスのステージできれぎれに始まるセッションをぼんやり眺めた。色のついためがねをかけて歌っていた人と話をしたら、岐阜の出身だと言われた。

大瀧詠一は、住みはじめて間もない福生を堂々と歌にする。「FUSSA」と発音するのが楽しくてしかたないような歌いぶりだ。「ストラット」は「街を闊歩する」という意味だそうで、ちっとも腰が引けていない。それでも、福生に住んでいながら〈福生行き〉と歌うところに微妙な距離がある気もする。やっぱりよそ者だと感じていたのか。

春に出た『大瀧詠一 Writing & Talking』（白夜書房）を読んで、この人は私の勝手な想像が及ぶような相手ではないとよくわかった。小さいころから年に一度は母親と東京に来ていて、いずれは出てくるのだと決めていたという。

〈だからわりと自分の中では昔から直接的につながったつもりでいたんですよ。それよりも大きく、アメリカン・ポップスの中で生きてきたから、その世界の中での東北であり、東京であるという捉え方なんですよ〉

岩手では中学時代からFENで洋楽を聴いていたという。アメリカから見れば、東北も東京もたいして変わりがない。どちらにも米軍基地があり、米軍放送が入る。

〈人間は生まれながらにして不自由なんですよね。なぜなら、親を選べない、国を選べない、だから人種も言葉も。それが、音楽だとわりと好き勝手に親が選べるんだよね。そういう意味で音楽というのは自分にとって自由なんだね〉

自分がどこで生まれたか、そんなことは音楽をやっていたら関係なくなる。大瀧詠一は遠い国の曲も日本の昔の曲も同じように楽しんで、自分のものにしてきた。「風街」の空気も、バンドで演奏することで充分に感じていただろう。二〇一一年八月のインタビューでは、〈東北の人はかわいそうねというのも、中央の人の考え方なんだ〉と語っている。

三月の終わりに大瀧詠一の特番が放映された。本人の映像や肉声はほとんど流れず、ただ彼のつくった歌が人々に語られ、歌われていた。つくった人がどこにいようといまいと、歌は歌われる。彼の音楽を選ぶ人のところに、大瀧詠一はこれからもいる。

ものを片づけて手入れをするのは

本を売りたいんだけどたくさんあるから取りにきてと言われて、お客さんの家を訪ねることがある。大通りに建つマンションにも、このまま進んでいいのか不安になるような路地に建つ家にも行った。私の運転歴は古本屋歴と同じで浅い。あいかわらず運転はへたで方向音痴もなおらず、うまく駐車できなかったり迷子になったりしていつも大騒ぎしてしまう。

部屋に入って、壁ぎわの本棚の本やテーブルに積みあげられた本を箱につめ、車に運ぶ。仕事を終えるとお疲れさまとねぎらわれ、お茶をごちそうになることもある。

本が消えてがらんとした部屋でお客さんと話していると、「断捨離」という単語がよく出てくる。——去年からずっと断捨離してるのよ、洋服はバザーに出して、アルバムも整理して。前の主人の写真も捨てたんだけど、ウィーンに行ったときの写真だけはとってあるの。息子が見つけたらなんて言うかしらね。まあいいの、私が死んだあとのことだから。

あいづちを打ちながら、断捨離の本は売ってくださらなかったな、まだ必要なのだなと思う。ちなみに、男性からこの単語を聞いたことはいまのところない。

ありがとう、また断捨離して呼ぶわ。笑顔に送りだされて車に戻ると、助手席にまで本が積まれていて、げっそりする。私だってすっきり暮らしたいのに、どうして他人の断捨離のあと始末をするような仕事を選んでしまったのだろう。

本を持ち帰り、店に入らない在庫は家に置く。限りある棚にいかにおさめるか。前と後ろに二列に並べたり、巻数ものはまとめて積んでみたり。どれだけ小細工をしても、棚の容量には限りがあるからどうしても入りきらない。明らかに本が多すぎるのだ。古本屋に売りたいと何度思ったことか。

棚にきちんと並んでいても、安心してはいられない。仕入れたときは新刊同様だった本が、あるとき見ると完全な古本になっている。置いておいただけなのに。背表紙のヤケ、小口のシミ、まさに経年劣化だ。いつまでも新人、新店のつもりでいたのに、時間はしっかりすぎていた。

さらに、ぜんそくの友人が店のなかで激しく咳きこんだり、アレルギーの人に「この本、読んでるとぞわぞわする」と言われたりといった事件も起こった。目に見えない汚れもあるのだと初めて知って、アルコールをまいたりバルサンをたいたりした。私にはその汚れが感じられないから、どれだけ掃除すればきれいになるのかわからない。小学生のころ、歯の汚れを赤く浮かびあがらせる薬を塗って歯を磨いた。あれを本にも塗りたい。

ものは散らかり汚れていくのがあたりまえで、抗うことなんてできないのだと、長いあいだ信じてきた。私が生まれてから二十年あまり住んでいた家は、ものがあふれてなだれ、電子レンジにも浴槽のふたにも触れないほど汚れがたまり、いつも縮こまって息を止めて暮らしていた。ときどき耐えられなくなると、ものを押入れにつめこんだり雑巾でこすったりしたものの、すぐにまた散らかり、汚れはもう落ちなかった。

やっと家を出て自分の部屋を借り、これからはきちんと暮らそうと意気ごんだものの、うまくいかなかった。自分では片づいているつもりなのに来客に笑われたり、散らかっていると自覚しながらどうにもできなかったり。そもそもきれいな部屋というものを知らないし、片づける方法もわからないのだった。そんな私が古本屋になるなんて、ほんとうに無謀だった。

本の並びを正す。棚にはたきをかける。店の床を掃く。まっさらな状態に少しでも戻すために、くり返す。家事も同じだ。包丁を引出しにしまい、掃除機をかけ、シャツを洗ってたたんで、放っておけば乱れて傷んでいくのを必死に食いとめる。一日も休まず、毎日。人間は生きていれば汚すし、なにもしなくてもほこりは積もっていくから。

暮らしの痕跡と時間の経過を消しつづける。それはなんだか、時間を巻き戻そうとする切ない作業のようにも思える。戻せるわけはないのに。

かつて同じ家ですごしたきょうだいにそんな話をしたら、

「劣化するにまかせるってことは、そこに住む人間の死ぬスピードも上がるってことかもね」

と言われてドキッとした。確かに、ごみの増えつづける部屋でずっと暮らしていたら、自分もどんどん衰えていく気がする。時がたつのを無視しているうちに、ヨボヨボになってしまう。時間は戻せなくても、ものの劣化を遅らせることはできるのだから、できるだけ努力を続けるのが人間のつとめかもしれない。

ものを片づけて手入れをするのは、すぎた時間に向きあうことであり、さらなる時間を迎えるための準備でもある。掃除して洗濯して、時間は一日ずつ刻まれていく。どんなに断捨離しても家事は終わりにできない。勇ましい三文字よりずっと地味な日々が、死ぬまで続く。

そこから逃れられないとわかって、私もいまようやく人間の生活が始められるような気分でいる。

オキナワで考え中

考えることが苦手で、いつも頭のなかがもつれている感じがする。いくつもの単語がバラバラに浮かび、言葉にならないなにかがたくさん沈んでいて、拾いあげて一列に並べるのはとても難しい。考えるべきことがあっても、「こうしたらいいような気がする」となんとなく方針を決めるか、「どれもよくない気がする」とクヨクヨ悩むばかりで、論理を組み立てて結論を導きだすことができない。

〈考えるというのは、それがどういうことなのかを考えるということであって、それをどうすればいいのかを悩むってことじゃない〉と池田晶子が『14歳からの哲学』（トランスビュー）に書いている。十四歳どころか、三十四歳をすぎてもまだわかっていない、とまたクヨクヨする。

近藤聡乃《あきの》さんの『ニューヨークで考え中』（亜紀書房）を本屋で見つけたときも、「考え中」というのに引っかかった。なにを？　クイズの答えを？　人生を？

文化庁の「新進芸術家海外研修制度」の研修員に選ばれた近藤さんは、二〇〇八年にニューヨークに渡り、いまも住んでいる。その暮らしぶりを流れるような絵と文字で描いたコミックエッセイだ。

「考え中」といっても、大事そうなことほどあっさり描かれている。たとえば、一年だけのつもりで来たのに住みつづけることにしたのは、ある日アパートから駅に向かう途中で〈そうだこのままニューヨークにいよう〉とひらめいたから。夢で見たのとよく似た駅の近くに引越して、〈正夢っぽくていいでしょう〉とほほえんでみたりする。そんなふうに決めちゃっていいのかとびっくりしながら、なんだか楽しくなる。

そうして居着いたニューヨークで起こったことをひとつずつ確かめるように漫画は進んでいく。町について、人について、自分や日本についても、ここに来て初めてわかることがある。「アメリカでは」「アメリカ人は」と大きく構えるより、住んでいるアストリア界隈や身近な人の話が多くて、まるで隣町の話を聞いているように親しみやすい。十四時間も時差のある場所なのに。

ニューヨークという〈輝いている〉はずの町にいてもあまり変わらない自分にゾッとする、という場面が何度か出てくる。そこでの生活が日常になるにつれて、忘れてしまうこと、気づかずにいることが増えてくる。

十七年かけて成虫になる「十七年ゼミ」を、東海岸に見にいく話がある。弱々しく飛ぶセミを目のあたりにした〈私〉は、十七年ゼミが〈何も考えずに十七年間地面の中にいて、特に賢くなるわけでもなく、大きくなるわけでも、頑丈になるわけでもない〉ことに恐怖を覚える。そしてまた、一緒に行った十四歳の女の子たちがセミに興味を示さないのにムッとする。でも〈私〉も十七年前は十五歳だったわけで、そのころは十七年ゼミより絵を描くことに夢中だったかも、と思いなおす。

このまえ大学生の子とご飯を食べた。音楽のサークルでギターを弾き、「ゆらゆら帝国」のコピーをしているという。ゆらゆら帝国は数年前に解散したバンドだ。私はライブを見たことがあるよ、と自慢してしまった。いま練習しているのはこれですとCDをかけてくれる。「ゆらゆら帝国で考え中」、私も大学生のころによく聴いていた曲だ。

やっぱかっこいいっす、とギターのソロに喜びながら、夜はいつもすき家ですませて料理はしたことがないと言ってご飯をおかわりしている。四年生だけれど留年が決まっているらしい。ギターのことしか考えていないのだろう。お父さんは四十二歳と聞いて、そっちのほうが近いとショックだった。

高校生のころ、大学生のころ、この町に来たころ、いずれ四十二歳になるころ。まったく変わらないわけはなくて、でも根本は変わらないと言いたい気持ちもある。私も東京から沖縄に移り住んで環境はガラリと変わったものの、いまはこれが日常で、自分の性格も考えかたもあい変わらずだという気がする。料理はこのごろ少しだけするようになったけれど、あのころ聴いていた歌がいまも好きだし。

町で仕事をして、人に会って、なにかを感じたり気づいたりして、そのたびに自分もじわじわと変わっていく。それが「考え中」ということなのかもしれない。人生を考え中、という大仰なものでなくても。ふだんからそんなふうに暮らしていれば、重要な決断もぱっとできるのかもしれない。

「ゆらゆら帝国で考え中」をまたかける。〈だいたい夜は独りで家の中でろくでもない事考えてるあいだに終わっちゃうね〉。いつもこの歌いだしに共感しつつ、そんなことじゃだめだという気もしていた。ろくでもないことでも考えつづけていようと、いまは思う。

黒い瞳

冬の夜、台所に行って暗いまま手を洗おうとしたら、窓辺の棚の上でなにかが動いた。ゴキブリか、でもずいぶん大きいような。顔があるじゃない、足が生えてるじゃない、とはっきり認識しきるまえに私はギャーと叫び、それは駆けだして棚の裏に入った。

沖縄では珍しい、木造の家に住んでいる。春はお菓子の箱にアリが列をなし、夏は蚊とゴキブリが毎夜顔を出し、秋になってようやく生きものたちの活動が落ちついたと安心していた。まさかねずみが出るなんて。確かにこの家は建てつけが悪くてすきまだらけだし、ときどき天井裏で暴れているのも知っていたけれど、部屋までは入ってこないだろうと見くびっていた。

次の日から、顔は合わせずともあちこちで気配を感じた。朝、台所に行くと床に糞が落ちていて、お米や海苔などあらゆる袋がかじられている。天井裏での運動会も激しくなるばかり。クローゼットのなかからドタバタ聞こえてきたときはカッとして扉を蹴りかえしたものの、いっこうに止まなかった。

それでも、手をくだす気にはなれない。ねずみとりや薬剤を使っても、死体は自力で処理しなくてはいけない。哺乳類を手にかけるのは勇気がいる。同じ類なのにとも思い、相手がなんであれ生活を乱されるのはいやだとも思いながら、あいまいにやりすごそうとしていた。

一か月もたつと、すっかり疲れてしまった。毎朝どこが荒らされているか確かめ、夜は足音におびえる日々。もう限界だ。薬局に行き、真っ黒で強そうな箱を手にとる。

〈この薬をネズミの通り道に置いておくと、ネズミは巣に持ち帰って食べます。数日かけて内出血を起こして死ぬので、ほかのネズミはこの薬が原因だとは気がつきません〉

なんとおそろしい薬。人間とねずみの知恵比べの歴史をかいま見るようだ。私もその恩恵に与《あずか》ろう。買ってきて何か所かに置いてみると、二時間もたたないうちに全部なくなっていた。

二日後の夜、台所に歯を磨きにいき、事態を把握するまえにまたギャーと叫んでいた。流しの排水口に小さなねずみがすっぽり入って、ふるえている。

居間に逃げ、そこにいた人をかわりに台所に押しやる。

「息も絶えだえになってる。薬を食べたんだろうね」

それで最後に顔を見せにきたのだろうか。自分を殺そうとした人間に。

「放っておいても、もう死ぬと思うよ」

いいから見えない場所に出してほしい。

「それにしても、かわいい顔してる」

そうなのだ。それがなによりショックだった。かわいい動物を殺そうとしたことが、というより、こんな状況でかわいいと思ってしまったことが。かわいいから救うというわけでもないのなら、かわいいと感じたことになんの意味もない。いつも無責任に「かわいい」と言っているだけだと思い知らされたようだ。

ベランダに出されたねずみは翌朝には動かなくなっていて、紙にくるまれて燃えるごみとなった（すべて人にやってもらい、私は見てもいない）。暮らしはうそのように静かに、穏やかになった。あのねずみは一匹であんなに悪さをしていたのか、それとも仲間たちは天井裏で死んだのか。まるくて真っ黒な瞳が忘れられない。それでも殺さなければよかったとは、思わない。

それにしてもねずみは昔から害獣として駆除されてきたはずなのに、童話やアニメには主役顔で登場するのはどういうわけだろう。ペストを蔓延させようが赤ちゃんを襲おうが、顔のかわいさだけは認められてきたのだろうか。

ねずみのことも考えなくなった春先、川上未映子さんの『オモロマンティック・ボム！』（新潮文庫）を読んでいたら、最後にハムスターが出てきた。飼っていたハムスターが死んで、埋葬するまで冷凍庫に保管しているという友人の話を聞き、「冷凍庫にネズミ⁉」と強い抵抗を感じたというエッセイだった。冷凍庫とねずみという組みあわせに、ああ、そういえば私にとってねずみはフクロウの餌だったたと思いだした。

わけもなくフクロウに夢中になって、私の夢は結婚でも持ち家でもなくフクロウを飼うことだと思いつめ、本を読みあさった時期があった。部屋で放し飼いにしたときの糞の処理や専門医が少ないことなどいろいろ問題があるなかで、最大の難関は餌だった。業者から買った冷凍マウスを冷凍庫で保存して、細かく切って与えるとどの本にも書いてあった。「かわいいフクロウのためなら平気です」という飼い主のコメントも載っていた。

その後、急にはやりだしたフクロウカフェに何度か行って、まるでキャバクラのように（たぶん）お気に入りの子を指名して触って写真を撮るという行為をくり返すうち、これはフクロウを愛《め》でることにはならないと感じた。本当にフクロウが好きなら、森に行って遠くから見ていればいい。店でベタベタしたり、家に閉じこめたりしたくはない。ましてや、そのためにかわいいねずみの頭を切り落としたりはできない。

かわいい生きものほど、うまくつきあうのは難しい。

髪を切る

切られながら、三か月分の話をする日曜日。床に目をやると思った以上に髪の毛が落ちていてぎょっとする。これはどうやって捨てるんですかと聞くと、ふつうに燃えるごみに出しますと返ってくる。一日三袋くらい出ます。去年、台風の朝に出しておいたら道の向こうまで飛んでいって、ここのごみだろうと怒られました。それは、すぐばれますよね。

ちょっと失礼します、と美容師さんは別のお客さんのところに行き、入れかわるように若い男の子が床を掃きにきた。三か月前にドライヤーをかけてくれた子だ。ほうきを動かしながら私が手にした雑誌に目をとめて、それなつかしいでしょうと笑う。なつかしい？　雑誌は歌謡曲の特集で、表紙には「旅の宿」や「木綿のハンカチーフ」のジャケットが並んでいる。いや私も生まれてないですよと言いかけて、自分の生まれるまえにはやった歌が三十年前のものか四十年前のものかなんてわからないだろうと思いなおす。きっと他意はなく、なつかしの昭和、みたいな意味で言っているだけだ。私が老けて見えるというのではなくて。

こんなふうに、自分がどう見られているかということが、美容室に来ると妙に気になる。目のまえに用意される雑誌が女性誌ではなくてカルチャー誌だとか。そもそもほかのお客さんは誰も雑誌を読んでいない。携帯を見ている。みんなパーマやカラーを施されている。カットだけなのは私だけかもしれない。ガラケーなのも。

美容師さんが戻ってきて、毛先をシャキシャキとすいていく。あの、生えぎわ少し刈り上げちゃってもいいですか？　外からは見えないけど、毛先が内に巻いてまとまりやすくなるので。はい、どうぞ。

シャンプー台に移動して髪を流し、再び椅子に戻ると左側に中国人の男女が並んで座っていた。男性がヘアカタログを広げて、しきりに指をさしては頭のまわりで手を動かしている。美容師さんは必死にジェスチャーを返し、メモ帳に絵を描き、さらに別のカタログを開く。女性がときどき英語で口を出す。

蛮勇、という単語を思いだした。言葉の通じない人に髪を切ってもらうなんて。母国語でもうまく伝えられないのに。いや、でもどうせ通じないなら同じかも。期待しないだけましかもしれない。

美容室ではなぜ言葉が通じないのか、ずっと悩んできた。こうしてくださいと伝えて、そのとおりになったためしがない。よほど私の言いかたが悪いのだろうか。みんなかわいい髪型をしているのに、私だけいつも変だ。

数年前に飲み会で美容室の話になり、みんな言葉の通じなさを嘆いていて、私だけじゃなかったとほっとした。そして真剣に原因を考えた。言葉は理解できても技術が伴わないのか。専門家なりの解釈があるのか。はじめから聞いていないのか。

そのあともいくつもの美容室で美容師さんと話をするうち、違っているのは言葉ではなく頭と髪の毛だとわかってきた。

頭のかたち、つむじの位置、毛の流れや質や量。髪型を決める要素はいくつもあって、切りかただけでは制御できない。でも、切られるほうは二センチ切れば二センチ短く見えると思い、二センチ切ってくださいと言う。美容師さんがそのとおりに二センチ切ると、髪が浮いて五センチ短く見えて、どうして勝手に五センチも切るのかと憤ることになる。同じ言葉を伝えて同じように切ってもらっても、仕上がりは人によって違ってくる。切りかたを指示するのではなく、希望のイメージを伝えるべきなのだ。

といってもイメージを正確に言い表すことなんてできない。だからこのごろは「好きにしてください」と言うようになった。プロがいいと思うようにしてくれるのが一番いい。昔なら刈り上げなんて断固として拒んだけれど、いまは抵抗しない。心配するほど奇抜な髪型にはならないし、少しくらい好みとずれていたとしても、どうせ自分には見えない。

　そんなふうに手放したはずの髪型や美容室への期待は、『道化師の蝶』（円城塔、講談社文庫）を読んだときにまたよみがえった。旅のあいだは本が読めない、内容が頭に入ってこないという〈わたし〉は、ではどうすれば旅行中に読める本がつくれるだろうかと問われ、〈何々用に翻訳するということ〉かもしれないと答える。〈移動中に読むためのドストエフスキー。実業家のためのプーシキン〉〈やはりそれ用に誂えられた何かでしょうね〉。そのくだりを読んで私は、美容室のための翻訳、髪を切ってもらうための言葉が欲しいと思った。まだ、あきらめきれないのだ。

　さっきの男の子が来てマッサージを始めた。肩を押されながら左を見ると、中国人の女性が髪を切られていて、男性は横にただ座っている。あれ、切ってもらうのは男性じゃなかったのか？　あんなに熱心に説明していたのに。やっぱり通じなくて、あきらめたのだろうか。

　お疲れさまでしたと声がかかり、持たされた鏡で後頭部を見る。けっこう刈り上がっている。外からは見えないって言ってたのに。どうですかと聞かれて、大丈夫ですと答える。ほかに答えようがない。髪を切ってもらうための言葉が欲しい。

◯と×

しあわせはいつもじぶんのこころがきめる、と書かれた相田みつをの文字を食堂などでたまに目にする。それはそうだろうと思いつつ、本当に自分の心に決めさせるのは難しい。

『逃げるは恥だが役に立つ』(海野つなみ、講談社)。ドラマは観なかったけれど、漫画は連載中から読んでいた。家事代行のアルバイトをしていたみくりが、実家の引越しをきっかけに雇用主の平匡《ひらまさ》さんと契約結婚し、同居する話だ。籍は入れずに住民票だけを移す事実婚で、家事の手当が家賃・食費・光熱費を差し引いて支払われる。お互いに恋人をつくってもいい、という仮面夫婦。

結婚という制度に含まれる家事やお金、親戚づきあい、安心やスキンシップについて、ひとつずつ明文化し、状況によって更新していく。読んでいると、ふつうの結婚に契約書がないのが不思議に思えてくる。お互いの義務や権利について話すことなく、常識や世間体に頼ってなんとなく暮らしていたら、うまくいかなくてあたりまえだ。

みくりも平匡さんも頭がいい。トラブルには冷静に対処し、自分の気持ちの変化も客観的に見つめる。お互いを意識しすぎて気まずくなっても、話しあいや行動によって関係を改善する。その過程はとても面白いけれど、ヒロインになりきってドキドキしながら読むのとはちょっと違って、この状況で人はどう動くかという心理学の実験を見ているよう（みくりは臨床心理士の資格を持っている）。

私が気になるのは、みくりの伯母の百合ちゃんだ。五十二歳で独身、みくりを自分の子どものように可愛がってきた。仕事に励み、外食や旅行を楽しんでいても、ふとした拍子に自虐的になってしまう。みくりの結婚を喜びながら、置いていかれた気持ちにもなる。

百合ちゃんはある晩、年下の風見くんと飲んだ帰りにこんな話をする。

〈あたしは独身で　子供もいないけど　楽しく暮らしてるし　それで安心する人も　いるんじゃないかって思ったりね〉〈結婚しないと　子供がいないと　不幸っていう　強迫観念から　若い女の子たちを　救ってあげたいな　って〉

先日、イラストルポライターの内澤旬子さんが百合ちゃんのようなことをツイッターに書いていた。〈自分よりひとまわり下くらいの独身女性たちの焦りや不安を、少しでも和らげる言葉を送れないのかと考えつづけているのだが、なにを言っても届かない気しかしなくて申し訳なくなる〉。

若い独身女性を案じて、自分の存在や言葉によって少しでも楽になって欲しいと願う人たちがいる。その苦しさを、身をもって知っているからだろう。でも、キラキラした年上の独身女性を見て、すてき、自分もああなろうとみんなが励まされるとは限らない。だって百合さんはきれいで仕事ができるし、一緒に旅行する女友達もいるし、慕ってくれる姪っ子もいて、幸せでしょう。私にはなにもない、とますます落ちこんでしまう人もいるのではないか。

私はそうだ。かつて百合ちゃんと同じようなことを考えていたけれど、それは私を見て「あんなにさびしい人もいるのだから自分のほうがましだ」と安心して欲しい、というまったく逆のベクトルだった。

他人が幸せなのかどうかは一見してわかりようがなく、結婚×、子供×、仕事○、友達○、などとチェックリストで判断される。×が多いと勝手に同情されるから、〈楽しく暮らしてる〉と言いきる百合ちゃんだって揺らいでしまう。どこに×がついても不幸とは限らないのに。

『治りませんように』(斉藤道雄、みすず書房)という本に、忘れられない言葉がある。北海道にある精神障害者を中心とするグループ「べてるの家」のソーシャルワーカー、向谷地《むかいやち》生良《いくよし》さんが〈私、結婚するときも心配でしょうがなかったんですよ。結婚してしあわせになったらどうしようかと〉と言うのだ。

向谷地さんは〈しあわせにならない〉ことを信条としてきた。〈ひとりよがりのしあわせ〉に陥って苦労を忘れたら、〈生きていくうえで必要な切実さを希薄なものにしてしまう〉と。〈弱さを絆に〉というのがべてるの家のテーマだ。病気の悩みや生きづらさを語りあうことで仲間とつながれる。自分の苦労が、たとえば地球の裏側で苦労する人びとと結びつくよすがとなる。

結婚したら必ず幸せになるわけではないし、自分だけ幸せになればいいわけでもない。楽しさを見せつけるのではなく、相手をかわいそうだと決めつけるのでもなく、それぞれの苦労を立場の違う人とも話しあえれば、少しは救われる。

私自身、自分の環境が変わっていくとき、誰かを裏切っているような不安に襲われた。それは私が○と×にふり回されているからで、本質はそこにないと気がついてもなお不安は残る。

漫画の終わりに、みくりと平匡さんはこれからも問題があればそのつど話しあって生活を最適化していこうと誓いあう。百合ちゃんは思いきって、好きな人とつきあい始める。少し幸せになってコンプレックスが薄れても、変わらず〈若い女の子たち〉のことを気にかけて、見守っているだろう。幸せになっても人を思いやることは、きっとできる。

"Can you speak English?"

二〇一七年の二月、台北に行った。私の書いた本が台湾で翻訳出版されて、その出版社が台北国際ブックフェアに招待してくれた。

初日は仕事もなく、書店や雑貨屋やレストランの並ぶ誠品生活松菸店を歩き、地下で上海料理を食べた。私の本を担当してくれた編集者は日本語が話せる。これまでにも何冊か日本語の本の翻訳出版を手がけたという。茨城で一年働いたこともあるらしい。

「日本に興味があったんですか」

「うーん……偶然ですね」

二日目。朝から「国際書店フォーラム」に出席する。会場に入ると男性が笑顔で近づいてきた。

"Hi! Can you speak English?"

"A little..."

"Good!"

すでに開始時間になっていて、そのまま席に着いた。手元の資料を見ると、彼はメルボルンの書店のマネージャーらしい。

同時通訳機を渡され、チャンネルを日本語に合わせる。最初の発表者が壇上に立った。ロンドンの書店の広報担当だという。

「さきほど着いたばかりです。ロンドンはいま深夜三時ですが、寝てしまわないようがんばります」

笑いが起こる。時差一時間の国から昨日来た私は元気なのに、余裕がない。こんな場で自分の古本屋の話をしなければいけないことも（議題は「公共空間としての書店」。あの狭い店がどうやって公共空間になるのか）、英語も中国語もできないことも不安だ。

三日目。中国在住の日本人ライターとトークショーをする。対談相手も司会も中国語を話し、私だけが日本語なので、私が話すたびに通訳が入って流れが止まってしまう。つい通訳の人の顔ばかり見てしまい、誰と話しているのかわからなくなった。

夜はブックフェアの交流会。韓国、インドネシア、メキシコ、フランス、さまざまな国の人たちがいる。所在なくひとりで食べものをつまんでいる人も少なくない。日本の出版社も出展していたのに、日本人は誰も来ていない。

会場の隅では昨日のメルボルンとロンドンの書店のふたりがワインを片手に談笑している。話しかけようかとためらっていたら、ブックフェアを主催する台湾の人に声をかけられた。名刺を交換する。

「私は日本語が下手で、すみません」と日本語で言われて、とんでもない、私が中国語を話すべきなのです、と言いたかったのに言えなかった。帰るまえにふり返ったら、彼女はメルボルンの書店の人たちと楽しげに話をしていた。

四日目。タクシーの運転手がなにか言うと、助手席にいる編集の人が笑い声をあげた。

「この運転手さん、台湾語が話せるみたいです」

台湾の国語は中国語だけれど、台湾語や客家語、原住民の言葉も使われていると聞いた。

「台湾語がわかる人は少ないんですか」

「はい。たぶん、五人にひとりくらい」

五日目。先日対談した日本人ライターと朝食をとる。彼女は長く日本を離れて中国に住んでいて、これまでに一冊、中国語で本を書いている。

「日本語で中国について書く人はたくさんいるから、私は中国語で書くことにしました。中国語のほうが、読者の数も多いですし。日本語で書きたい気持ちもあるんですけどね」

それを聞いて、少しまえに読んだ本のタイトルが頭をよぎった。

「水村美苗さんの『日本語が亡びるとき』（筑摩書房）という本をご存じですか」

言葉には、小さな部族のなかでしか使われないものから、広い地域で通用するものまで序列がある。その序列の最上位にある英語が、いま〈普遍語〉として地球を制覇しつつある。この先、世界の〈叡智を求める人〉はみな母語よりも英語で書くことを選ぶようになるだろう。そのとき、ほかの言葉は〈叡智〉を表現しえない〈堕落した言葉〉になる——もちろん日本語も。

内容を説明しながら、私は台湾での四日間、この本に書かれていたことを感じてきたのだと思った。英語圏の人は、世界中どこに行っても“Can you speak English?”と聞く。英語を話せる人がその輪に入っていき、話せない人は孤立する。

英語以外の言葉の序列も感じた。私は、台湾に来たのに中国語ができなくて申し訳なかった。でも逆に、日本語がわからなくて申し訳ないと何人かの台湾人に言われた。そう言わせてしまう背景には日本の植民地にされた歴史や台湾の不安定な地位、また経済の格差などもあるのかもしれない。親日だから日本語を学ぶという平和な話ではなくて。

かと思えば、言葉を使う人の数をひとつの根拠として、日本語よりも中国語を選ぶライターもいる。また、台湾で台湾語は中国語より序列が下とされる。人や場所によって序列が揺らぐことはあっても、英語の優位は変わらないだろう。

気がついたら口から出ていた。

「今回のブックフェアは、亡びつつある本、亡びつつある本屋を、どうすれば守れるかというのがテーマでしたよね。それと同時に日本語も亡びているとしたら、日本の本屋はもはや瀕死ですね」

「えっ。本当にそう思いますか？」

思いつきで極端なことを言って、相手をぎょっとさせてしまった。

部屋に戻ってひとりで想像する。本が出版されなくなり、本屋が消え、日本語で文章が書かれない世界。古本屋はもはや骨董屋になり、古文の現代語訳のように日本語に英訳がつく。

いまはＳＦのようでも、五十年後にはかなりそこに近づいているのではないだろうか。つまらない妄想をしたなと笑える日は、この先きっと来ない。

人生の最後に読みたい本

人生の最後にこれを読もう、と備えるような機会はたぶん訪れないだろうし、あの本が最後になった、と思いだすひまもない気がする。最後に手にしたのは店でお客さんから買い取ってぱらぱらめくった沖縄の人の自伝だったのか、畳に寝そべって読んだ昔の小説だったのか、自分にもわからないままになるのだろう。ならば大切な本は折にふれて読みかえして、いつ終わってもいいようにしたい。

たとえば、『おれは歌だ おれはここを歩く』(福音館書店)。アメリカ・インディアンの詩を金《かな》関寿夫《せきひさお》が訳し、秋野亥左牟《いさむ》が絵をつけた。

誰がつくったわけでもなく、文字ですらなかった口伝えの歌。人も動物も同じ言葉をしゃべり、口にすれば望みがかなった。誰でもない〈おれ〉、馬でも黒熊でもある〈おれ〉の歌う世界では同じことが何度もくり返され、ずっと続いていく。

読んですぐに覚えてしまう詩もあれば、いくら読んでも頭に入ってこない詩もある。書かれている空間が広すぎて、時間が永すぎて、像が結べない。でも、書きうつしたり声に出したりするうちにふと焦点が合う。ああ、こういう眺めなんだ。ここに目があるんだ。

風景が見えると、これまでに自分が読んだ本の記憶が重なってくる。「夜明けの歌」の〈山々の横っ腹が　みどり色になる〉というくだりは、シュルヴィッツの絵本『よあけ』で〈やまとみずうみが　みどりになった〉のと同じ。「フクロウの歌」はアイヌのユーカラのようでもあり、光や雨や虹を衣服になぞらえる詩は、琉球の古謡『おもろさうし』で星や雲を神の装いにたとえるのに似ている。

よみがえるのは本のなかの言葉ばかりで、実際の体験ではない。私の暮らす沖縄には深い森や美しい織物や古くからの祭祀が残っているけれど、外から眺めるだけで入りこめてはいない。この本の画家の秋野さんは沖縄の小浜島《こはまじま》に住んで、海に潜り魚を獲りながら絵を描いたという。同じ沖縄にいても、もっと深い根っこの世界が見えていたのだと思う。

地球がまるいことも命がつながっていることも、私はきっと体では理解できずに死んでいく。せめて本を読んで人や動物の声を聞こうとするだけだ。生きていても近づけなかった場所があり、私が死んでもその世界は続く。そう思えたら、少し安らかだろうか。

iii

月日のかけら

お風呂で

出版社のPR誌を読むのは地下鉄かお風呂のなかだった。

そのころ東京の書店で働いていて、販促用に各社から送られてくるのを毎月もらっていた。巻末の新刊一覧だけは書店員の目で見るものの、あとは連載を待ちかねて読んだり、知らない著者の文章にひかれて本も買ったり、読者として楽しんだ。

A5判の薄い冊子に、見開きや、長くても八ページほどの文章がいっぱいつまっている。読みとおすのは意外と大変で、行き帰りの丸ノ内線だけではなかなか進まなかった。

あるとき、お風呂で半身浴をしながら本を読むのがはやった。みんな浴槽のふたに置いたり防水のブックカバーをかけたりして読むらしかった。私はきっとお湯に落とすとわかっていたので、PR誌を持ちこむことにした。読んだら捨てるのだから気がらくだ。湯気に包まれてふやけた体と頭に、文字を入れこむ。一度に何冊もつまみ読みするのでどんどんたまっていき、

『本』や『ちくま』や『UP』が浴槽のふちに積みあがり、波うっていた。

いま住んでいる沖縄のアパートには浴槽がない。地下鉄は走っていない。書店を辞めて古本屋になってしまったのでPR誌も送られてこない。それがさびしくて、と東京の出版社の人に話したら、親切にもときどき各社のつめあわせを送ってくれるようになった。仕事のあいまに店で開いては、遠い町でつくられる新しい本のことを考える。

店番の時間

　エコノミークラス症候群に気をつけてね、とたまに言われる。飛行機に乗るまえではなく、店番中に。

「日本一狭い古本屋」を名乗っても咎められないくらい店が狭いので、路上に椅子を出して座っている。棚と机と柱と壁に挟まれて身動きがとれない。本の汚れを拭きとったり鉛筆の書きこみに消しゴムをかけたりしていると体がこわばる。ここは腕や手首を動かすには窮屈すぎる。

　手をとめて棚の向こうを通る人々を眺めていたら、久しぶりの顔が見えた。いつも年末と夏に現れる男の子だ。石垣島でキビ刈りのアルバイトをするために東京から飛んできて、乗りつぎの那覇で一泊する。今日は羽田から那覇まで雨だったらしい。

「せっかく窓ぎわの席をとったのに、ずっと雲で真っ白でした」

　商店街のアーケードの下にいると空模様はさっぱりわからない。明日の白保までの空は晴れるといいですね。見送って、作業を再開する。

キーボードを叩くうちにまた肩が固まってくる。なにをしたって疲れるんだ。キビを刈るよりはずっと楽だとしても。本とノートパソコンを閉じて、目も閉じる。

行きかう声、隣の店のラジオ、鰹節を削る音、客寄せの三線《さんしん》、自転車のベル。耳は休まない。アーケードを打つ雨音も、かすかに聞こえる。

通りのスピーカーからラジオ体操の音楽が流れてきた。毎日、四時になるとみんな店の外に出て体操をするのだ。観光客に写真を撮られても堂々としている。一緒に立ちあがる勇気が出ないまま、眺めている。

バス停にて

店に行く途中に「開南」というバス停がある。沖縄本島南部からのバスが集まる、那覇の玄関である。自転車を必死にこいで長い坂を上りきると、交差点をバスがゆったりと右折してくる。信号で一息ついてから道路を渡り、人でいっぱいのベンチを通りすぎて、急な坂を重力にまかせてすべり下りれば市場はすぐそこだ。

この開南を特集した冊子がある。NPO法人「まちなか研究所わくわく」のメンバーが、バス停で人の動きを観察し、バスを待つ人たちに行き先や行きつけの店を尋ね、近所で戦後から漆器店を営む女性に話を聞いて、記録した。ホチキスでとめられた二十四ページのなかに、たくさんの人の声が入っている。

沖縄には聞き書きの本が多いんだよ、と開南に生まれ育った編集者が教えてくれた。暮らしの話にも隣の村や島との違いがあって面白いし、回想がそのまま証言になるような体験をした人もたくさんいるから。ふつうの人たちに話を聞いて、本にしてみたいんだ。

いつか図書館で見た本に、七〇年代の開南で撮られた写真が載っていた。手の甲に入墨＝針《は》突《じ》をしたおばあさんがベンチに座っている。この風習は明治の終わりに日本政府によって禁じられ、いまはまず見られない。人が行きかう場所だからこそ、出会えて写真に残せた。

帰りは自転車を押して上がる。あい、先に乗ったのかと思ったさ、と友だちを見つけたらしきおばさんが声をあげる。制服を着た男の子がしゃがんで紙パックのさんぴん茶を飲んでいる。あたりまえすぎて本にはならない、でもいつかなるかもしれない光景が、今日も続いている。

古本屋のような町

土曜日の朝、広場を駆けまわる子どもたちに押されるように部屋に入った。これからまちぐゎー（市場）について町の人が自由に話しあう「マチグヮー楽会《がっかい》」が始まる。「学会」ではない、いたって気楽な集まり。会場はかつて第二牧志公設市場のあった場所で、いまは集会所として開放されている。

市場の店主、近所の人、市の職員、大学の先生、みな隔てなく声をあげていく。

「まちぐゎーは迷路みたいでまっすぐ歩けないし、どこでなにを売っているかもわからない。デパートみたいなフロアマップをつくったらどうでしょうか」

「でも自分で歩いて見つける楽しみもあるよね」

みんながうなずく。看板のない店、なに屋なのかはっきりしない店も多い。

「帰るころには自分がなにを買いにきたのか忘れているんです」

一緒に笑いながら、気がついた。まちぐゎーは古本屋のようなものかもしれない。新刊書店のようなジャンル表示もなく、一軒一軒、一冊一冊が好きなように主張していてまとまりがない。かわりに、思いがけない運命の出会いもありうる。

基地の跡地に大型スーパーばかりできるのが気になる、新たに店を始める人を支援したい、市場は誰のためにあるのか。続々と話題が出てくる。

「市場の人たちも、自分たちのやっていることや思いをどんどん言葉にして、町の人と分かちあってほしいですね」

最後に矛先がこちらに向けられて、姿勢を正す。はい、がんばります。昼すぎの高い空を仰いでアーケードの下に戻り、店を開けた。

万年筆のたてる音

本を見ていたら、上野英信の原稿の写真が載っていた。沖縄は名護の屋部の、眉屋《まゆや》一族を取材した『眉屋私記』の原稿だった。まるくて大きさの揃った文字に目を奪われる。あんなに分厚い本をこんなに丁寧に書いたのか。〈沖縄県立図書館所蔵〉とある。複製でもいいから見てみたい。

さっそく日曜日に行ってみた。二階の郷土資料室でたずねると、書庫から薄い横長の冊子を出してくれた。机に置いて開く。写真のとおりの丸文字が黒く光っている。原稿用紙のところどころにシワがより、シミがある。これ、直筆じゃないか。

一画の始めから終わりまで同じ濃さで書かれた文字は、みんなマスの左側に寄っている。右側にルビや訂正を書きこむためだろう。沖縄の地名や言葉には、小さな文字がはっきりと書き添えられている。渡波屋《しわや》、断崖絶壁《ふちばんた》、手巾《ていさじ》。「祝女殿内」のルビは「ぬるどんち」の「る」と

「ん」を丸く塗りつぶして「ぬんどるち」に直され、〈正しくは「ぬるどんち」であろうが、ここでは「ぬんどるち」と訛って発音される〉と、ただし書きが加えてある。

「ぬる」は「のろ」＝「祝女」で、「どんち」は「とぅんち」＝「殿内」だから、「祝女殿内」は〈正しくは「ぬるどんち」であろう〉と予想できる。きっとはじめは漢字を見て「ぬるどんち」と書いたのに、屋部の人たちが「ぬんどるち」と発音していることにあとで気づいたのだろう。文字にとらわれず、聞こえる声に耳をすましている。

上野英信は筑豊の炭鉱で坑を掘りながらサークル誌を出していた。ガリ版の切りすぎでこんな字になったと言われていたらしい。人の声や土地の唄を、一文字ずつ嚙みしめながらガリガリと書きつける。歌は下手だったとも聞いた。万年筆のたてる音のように、一音ずつ力をこめて律儀に歌っていたのだろうか。

その土地の本

全国の大学出版会の編集者が、沖縄に集まって勉強会をするという。昼は沖縄の出版社の人たちと情報交換をし、夜は懇親会をすると聞いて、夜だけ参加させてもらった。

昼の研修では「地産地消」という言葉が波紋を呼んだらしい。沖縄の編集者が「沖縄県産本は県内の読者に向けてつくられている。文化の地産地消です」と発言してみんなが感心していると、ある大学出版会の人が「本は世界中の人を対象にするべきで、地産地消にはそぐわない」と異をとなえて、議論になったという。

二次会でその人の隣に座って、話をしてみた。

「確かに学術書はそうでも、一般書、特に実用書は地産地消でもいいと思います。土地のしきたりとか料理とか農業とか、よそでは使えないからこそ面白いんですよ」

「それはわかるけどね、出版社がそう言ったらだめなんじゃないかな」

相手も頭から否定しているのではなく、話のきっかけをつくりたかったのだろう。それでもなにか引っかかる。言葉にできないうちにみんな酔っぱらってしまった。

次の日、ある県産本が急に売り切れた。金曜日の夕方。あわてて出版社に電話をしたら、一時間もたたずに届けてくれた。あ、これだと思った。

本屋は立地や規模にかかわらず「地消」が仕事で、店に来た人に本を売る。必要なのは世界で通用する本よりも、目のまえのお客さんに喜ばれる本だ。そんな本が近所でつくられていてすぐ手に入れば、それが一番。難しいことは考えない。

急いで手配した本は、並べたらすぐに一冊売れた。

知らない店

ずいぶん広くなりましたね、と声をかけられることがある。何年かぶりに来たという人にも、ときどき顔を見せる知り合いにも。なにも変わっていないのに。狭い店だという印象が強すぎて、実物よりさらに狭く記憶されているらしい。

ある日、ある夫婦が、間口七十五センチ、奥行二メートルの空間で古本屋を始めた。店主の居場所もなく、路上に小さな椅子を出して店番した。二年たつと隣の一・五坪の店舗があいたのでそこも借りて、ようやく店らしくなった。さらに四年たって、私が棚ごと店を引きついだ。

広くなったわねえ、と昨日も白髪の女性に言われた。

「ほら、最初は子どもを抱えた女の人が道に本を二、三冊並べて座っていたじゃない。やっていけるのかしらって、通るたびに気になったのよ」

これには驚いた。夫婦に子どもはいなかったし、道で本を売っていたわけではない。しかもたったの二、三冊。まるで戦後の闇市ではないか。

でも、私も当時を見たことはない。そんな日もあったのかも、という気になった。

「このまえ若い男の子が店番してたね」

「あんた、テレビに出てたでしょ」

身に覚えのないことを言われると、前はむきになって否定していた。近ごろは、そうでしたかとうなずいている。通りがかるだけの人も多いから、見まちがいもするだろう。あるいは、そんな日があったのか。私の知らない店の話を、今日も人から聞いている。

夏休み

島に行って本を読むことにした。那覇の泊港からフェリーで二時間の島をめざす。

乗りこんで、さて、どうすごせば船酔いしないのかと考えた。これまで船に酔ったことはない。それでも一緒に乗った友人が青ざめていくのを見たり、東京から小笠原まで二十五時間も乗った人の壮絶な体験を聞いたりしてきたので、不安だった。

本だけは読まないと決めていた。バスで本を読んでいて気分が悪くなったことは何度かある。揺れと読書は相性がよくない。

読めないと思うと読みたくなる。かばんに手がのびる。誘惑には負けまい。眠れたらいいのだけれど、乗りもので眠ってもなぜかすぐに目がさめてしまう。

船室を見わたせば、みんな寝ている。座席を倒して毛布をかぶって、体勢は万全である。起きている人も黙りこんで気配がない。雑誌のパズルを解いている人、窓の外を眺めている人。年齢層が高いせいか携帯電話を触っている人はいない。自分の携帯を見たら圏外だった。

すごしかたを考えているうちにフェリーは島についた。宿の人が迎えにきている。フクギの葉の茂る小道を通って、赤瓦の古い民家へ。荷物をおろして窓を開け、本を出して畳に寝ころがる。ざあざあと鳴っているのは波の音か、風の音か。

さあお待ちかね、と読みはじめて、数行で眠ってしまった。

灯台守の話

台風が来た。数十年に一度の規模というふれこみである。ちょうど定休日だったので朝から家にこもる。ネットの台風情報を何度も更新しながら、家にある古本を整理する。店をやっていると家で力仕事をする元気がなかなか出ない。冬にためこんだ在庫を台風のあいだに片づけるのが、ここ数年の習慣になっている。閉めきった部屋にはクーラーもなく、汗だくで動きまわる。

今日はここまで、と着がえて和室に寝ころんでも、風と雨が窓を叩きつづけて落ちつかない。がたがた揺れていまにも割れそうだ。もしそうなってもガラスが飛び散らないよう窓にダンボールを貼ったので、外の様子もわからない。一瞬、蛍光灯がぱっと消えた。すぐについて、今度はバチバチと点滅する。停電するのだろうか。消える瞬間を見たくなくて、自分で消した。真っ暗になった。

台所に行く。流しの上の窓から光がさしてまだ明るい。こんなに荒れた天気でも、日光はかすかに降りてくる。いつもは食事をするだけの小さな机に本を広げる。本は電子書籍と違って電気を使わずに読めるからいいという人もいるけれど、あかりは必要だ。ページが照らせるほどりっぱなろうそくも持っていないし。

ある灯台守について書かれた本を読む。荒波の打ちつける崖っぷちで、光を守りながら物語を語るふたり。去年の台風のときも読んだ。闇でひっそり暮らすふたりを、いまの自分に重ねた。読みながらもいろいろ心配する。店は無事だろうか。下の川から浸水していないか、通りのアーケードは破れていないか。いまさらなにもできないから、台所でただ読み、打ちつけられている。

言葉のはぎれ

古書組合の集まりが夕方に北中城《きたなかぐすく》で終わって、帰りに宜野湾《ぎのわん》のカフェに寄った。夏の疲れがたまっていて、那覇に戻るまえに少し気分を変えたかった。二階の一面の窓から海を見下ろして、目と頭を休めたい。そう思いながらも、テーブルの脇の棚に並ぶ雑誌をつい手にとってしまう。

白いシャツ、ダイヤの指輪、薄いグラスに万年筆。からだと暮らしに寄りそう品物がたくさん紹介されている。いいなあとあこがれつつ、似合うシャツがなかなか見つけられないとか、値段が二桁くらい多いとか、こんなの沖縄では売っていないとか、誌面につり合わない自分の姿も見えてきて、めげてくる。すてきだけれど、届かない。眺めたところで自分のものにはならない。

めくっていくと、本を特集したページに行きついた。テーマごとに本を選び、中の一節を引いて解説している。知らない本も知っている本もあり、今度読んでみようと思ったり、読んだはずなのに引用にまったく覚えがなかったり。じっくり時間をかけて特集を読みおえると、さっきまでのいじけた気持ちが薄れていることに気がついた。シャツと同じように眺めているだけでなにも手にしていないのに、頭のなかは新しく知った言葉でいっぱいになっている。

引用でも立ち読みでも、読んだ人にはいつでもいくらでも与えてくれる、言葉の気前のよさ。似合わないとも高いとも言わずに、誰にでも惜しみなくさし出されている。さびしいときもお金のないときも、本を開けばなにかを受けとれる。

言葉のはぎれを体じゅうにたくさんくっつけてカフェを出た。いつのまに雨が降ったのか、車が濡れていた。

瓶を放る

店番をしながら文章を書いていると、ときどきひとりで島に流されたような気がしてくる。通りをたくさんの人が歩いていくのに誰も立ちどまらない。もう二時間も人と話していないし本も売れていない。これじゃまずいと立ちあがって、隣の店の人に「まだ暑いですね」などと話しかけてみる。

机に戻って文字を絞りだしても約束の枚数には遠く、先の行の白さをぼんやり見つめる。店の本のなかにはすでに読みきれないほどの文字があふれているのに、どうしてさらに書こうとするのかしら。ぶつぶつ言いながら鉛筆を動かしても、誰も返事をしてくれない。書きあげるまでは、ひとりごとだ。

〈書くこととは、たどり着いた孤島から、瓶に入れた手紙を海に投げ入れ続けることにほかならない〉とミヒャエル・エンデが言っていた。書くほどにここは孤島になる。まわりにこんなに人がいるのに、いまここにいない人に向けて、いつかどこかにいるはずの人に向けて、文章を書いている。古本屋の仕事は瓶を拾いあげて磨いて陸に並べることであって、手紙を書きたすことではないだろうに。どうして、とまた思う。

思いつめているところにひょいとお客さんが入ってきて百円の本でも買ってくれたら、または前に送った原稿に編集の人が「面白いです」と返信をくれるか、友だちが通りかかって声をかけてくれたりすれば、あっさり立ちなおる。瓶を受けとってくれた人が目のまえにいればこそ、海の向こうの島めがけて瓶を放る勇気がまたわいてくる。

古本たちの読書会

電気を消してふとんにもぐりこみながら、明日は本を干してみようと思いついた。夏は日ざしがきつくて湿気は重く、ふとんを干しても硬く縮こまるようだったけれど、このごろは穏やかに秋の光を受けてふわふわになっている。本にもたまには外の空気を吸わせたい。まずは売りものではなく自分の本で試そう。

翌朝の空はくもり。一番好きで一番古い本たちをベランダに運び、一冊ずつ函から出す。風にあてるようにページをめくっていく。

裏見返しにはたいてい古本屋の値札が貼ってある。なつかしい店や覚えのない本屋の名前の下に、「500円」だの「840円」だの、細かい数字ばかり書かれている。小銭で買った本を東京から沖縄まで運んできて狭い部屋に並べて、ほこりを払って虫干しまでして。なんと手間のかかることか。でも、めくりながら目に入ってくる文字はどれも慕わしく、これからもそばに置いておきたいとあらためて思う。鉢植えに水をやるように世話をして、ずっと元気でいてもらおう。

ベランダの隅のバジルは枯らしてしまったけれど。

ベランダに衣装ケースを出して、上に本を並べて適当に開く。見たことのない景色になった。何冊も本が開かれていると、何人も人がいるみたい。かつてこの本に触れた人たちが集まって読書会をしているようだ。みんなでお茶でも飲みながら、ゆっくり読みましょうか。

下の広場では子どもたちが座りこんでなにか熱心に遊んでいる。先週から秋休みなのだ。私もここでこうして遊んでいるよと、手を振りたくなった。

腹心の友

父のようなとも兄のようなとも言いがたい年ごろの知人に呼ばれて、おでん屋に行った。カウンターに大皿が置かれる。青菜、大根、厚揚げ。一番の名物はてびち＝豚足。先に飲みはじめている知人の顔はすでに赤い。

「先週から『赤毛のアン』を読んでるんだ」

テレビドラマの「花子とアン」にはまったそうで、放映中はよくその話をしていた。ついに本丸に突入したのだ。

「どうですか。面白いですか」

「泣けてきてなかなか進まない。すっかりマシュウに感情移入しちゃって」

マシュウは孤児院からアンを引きとって育てる無口な男性である。ひとり娘のいる知人には、たまらないのかもしれない。

私が小学生だったとき、女の子たちは競うように『アン』のシリーズを読んでいた。自分をアンに重ね、あこがれたものの、巻を重ねてアンが成長するにつれて共感は難しくなっていった。いま読んだらどうだろうと思いつつ、卵を箸で切りわける。

「私はダイアナが出てくる場面が好きでした。あんな友だちが欲しかったです」

「腹心の友ね」

村岡花子さんの選んだ古風な訳語は、幼い私にもぐっときた。

「『アン』を読んで、僕には腹心の友がいないって初めて気がついたよ。欲しいと思ったこともなかったけど」

「そうだったんですか」

いつも仲間に囲まれている人なのに。ともあれ、いまはこうしてアンの話をして、一枚のお皿から一緒におでんを食べている。私はこの人にとって腹心の友でも、ましてやマシュウの言うところの〈じまんのむすめ〉でもないけれど、泡盛をついであげることはできる。

ミトン

冬が来るたびに服を捨てている。ダウンジャケット、タートルネックのセーター、厚手のスパッツ。去年も着なかった、今年も着ないだろうと見切りをつけて、少しずつ手放している。沖縄でもコートやマフラーは着けられる日がある。手袋は使わない。バイクに乗るならまだしも、歩くには必要ない。気に入っていたグレーのミトンは裏地がフリースで、着けてもすぐに汗ばんでしまうから、引出しに入れたままになっている。

かわりに軍手をはめるようになった。防寒ではなく仕事のためである。古本屋になってから、冬の手荒れがひどくなった。乾燥と紙のせいだと思う。古い本に使われている紙はいまの紙とは製法も違うだろうし、経年劣化もしているし、これまでにいろいろな人の手に渡ってきたから刺激が強いのかもしれない。本に親しむには素手で触れるべし、と勝手に決めてきたものの、そうも言っていられなくなった。

軍手は消しゴムをかけるにも値段を書きこむにも小回りがきかない。薄手の手袋をいくつか試した。医療用、美容用、掃除用。きゃしゃな手袋たちは二日もたつと人さし指の先に穴があき、真っ黒になった。これだけの負担を肌にかけてきたのかと感心する。切れても裂けても、手は春が来れば治る。強い。

結局いつでも軍手をはめて、本を拭いて棚に入れて箱を運んでいる。店を閉めてそのまま歩きだし、通りの途中で気がついてあわててはずす。夜の風が手に冷たい。でもやっぱりミトンをするほどじゃないと思いながら、また歩きだす。

ケースのなかの時間

ひさしぶりに暖かくなった日、背の高い大学生が本を売りにきた。ふたのついた横長のプラスチックケースに、文庫と新書が五十冊ほど、背表紙を見せてきっちり並んでいる。保管にも移動にも便利そうで、ついどこで買ったのかたずねた。

「これですか。ええと、たしか近くのホームセンターですけど、何年もまえに買ったので、まだ売っているかどうか……」

急な質問でとまどわせてしまった。しばらく店内を見てもらうことにして、買取の査定をする。哲学、経済学、仕事論、論文の書き方、恋愛マニュアル、芸人のエッセイ、小説、漫画。大きさはみんな文庫と新書でも、内容はいろいろ。そう、大学生ってこんなふうだった。

大学に入ったばかりのころ、緊張しながら生協の書籍部に足を踏みいれたら、まるでふつうの本屋だったので驚いた。文芸や自己啓発のベストセラーが平積みされ、雑誌もある。研究室や図書館には重々しい本ばかり並んでどれを手にとればいいかもわからなかったのに、書籍部には見慣れた景色が広がっていた。女性誌を立ち読みしている人は小脇に六法全書を抱えている。六法全書を選ぶように洋服も選ぶのだろうか。

学ぶ意欲、就職への不安、あこがれや色気。書籍部を歩きまわるだけで、いろいろな気分がわいてきた。興味がまだばらばらで、目移りしながら棚を見た。このプラスチックケースにはそんな時間がつまっているように感じた。

買取のお金を渡すと、大学生はそれで店の本を買ってくれて、からになったケースに一冊だけ入れて帰っていった。空いたところに新しい本を入れて、いっぱいになったらまた手放すのだろう。手放せない本にも出会うだろう。次はどんな本を持ってきてくれるか、楽しみになった。

花見

昼ごはんを公園で食べる約束をした。平和通りの食堂の裏の空き地を抜けて、階段をのぼっていく。途中の噴水広場にもベンチがあるけれど、きっと待ち合わせは頂上だろうと決めて、高台に出た。おじさんがひとり座ってお弁当を食べている。友人はまだ来ていない。

国際通りと平和通りのあいだにひらけた公園からは、展望台のように那覇を見下ろせる。昨日まで東京にいたので、いつもよりも空が広い。高い建物がぽつぽつと伸びている。ドン・キホーテ、ジュンク堂、三越、ハイアットホテル、あとはマンション。ドン・キホーテは少しまえまでOPAだった。ジュンク堂のビルはかつて「ダイナハ」だった。三越は閉店し、春に「ハピナハ」が開店する。巨大なハイアットホテルもまもなく開業。風景はどんどん変わっていく。

ベンチに座って日を浴び、風に吹かれる。向こうの斜面には桜が咲いている。こんなに気持ちがいいのに、どうしてここには私とおじさんしかいないのだろう。みんな仕事をしているのかしら。私だって、と本を取りだして開いた。ページに葉の影が落ちる。学校をさぼって公園で本を読んだ日を思いだした。

日光の下で本を広げるのは久しぶりだ。前はわずかな空き時間にも本を読んでいた。このごろは座ったり寝そべったりしているだけで楽しくて、空間をうめるように目に文字を流しこむことはなくなった。いつでもどこでも本の世界にしてしまうより、いまここにそのままでいたいと思うようになった。

でも、木陰で見る本はきれい。読まずにこうして開いているのもいい。

木と本をかわるがわる眺めていたら、地平線から友人の顔が現れた。

小休止

目のまえの本、目のまえの文字、目のまえの人と全力でやりあううちに、春が来ていた。どうにか区切りをつけてふうと椅子に座ったら、熱が出た。まだまだあと片づけはあるけれど、いったん休むか。

冬の終わりに新聞をとるのをやめた。家を一週間あけるときに止めてもらって、そのままにしてしまった。知り合いがコラムを書いていることもあるし、県内で誰かが本を出した話も載っている。沖縄で暮らすにも本屋をやるにも必要な情報ばかりなのに、さぼっている。うしろめたい。でも、楽になった。

毎日家から持ってきて、店で読んでいた。小さな店の小さな机に広げていると目につくようで、「いつも新聞読んでるよね」と通りがかった友だちに言われた。

二月ごろから余裕がなくなり、どうせ読めないからと家に置きっぱなしにした。台所のテーブルの上に分厚い紙の層ができた。外側まであふれた文字が、「読め、早く」と追いたててくる。本よりもっとむき出しに、もっと性急に。

増殖を止めて、ようやく層を切りくずす気になれた。ひと月前に刷られた紙を読む。このところメールやらネットのニュースやら書かれたての文章ばかり読んでいたので、時差に安心する。古新聞もいいものだな。

暑くて半そでで出かけたら暮れたあと冷えこんだりして、熱はなかなか下がらなかった。元気になったらまた新しい新聞を届けてもらおう。春は行きつ戻りつしながらすぎて、もうすぐ長い夏が始まる。

ドラムセット

店に国語辞典を持ってきた。赤い函から辞書を出し、小口に左手の親指をすべらせる。めあてのページで止めて見出し語を目で追いながら、ふと、自分はいまとても古風な動きをしていると思った。いまどきこんな分厚い本を持ちあげて、悠長に紙を繰って。目のまえを人がたくさん通る商店街で、辞書を引く。なにかパフォーマンスでもしているようだ。

案の定、配達に来たコーヒー屋さんに見とがめられた。

「それは商品ですか」

「いいえ、自分で使ってます」

「うちの長男が中学校に上がって、辞書を三種類そろえるように言われたんですよ。けっこうな金額になるから、古本で見つかるとありがたいんですけどね」

いまでも中学生は紙の辞書を使うんだ、とひそかにほっとした。

パフォーマンスみたいだと、ふだん本を読んでいるときも実は思っている。肘を曲げて、目のほかはじっとして動かさず、一定の時間がたつと右手で一枚めくる。本というものを知らない人が見たら、なにをしているのかさっぱりわからないだろう。ドラムセットを前にした人がスティックを握って腕を交差させるように、本を手にした人は両手で本を開き、ページに目をやる。

通りのまんなかで女性が立ちどまり、小さな画面に人さし指で触れて市場の写真を撮った。そのうしろでは野菜売りのおばさんが、いつものようにもやしのひげをむしり続けている。おのおのの目的のための、おのおのの動き。誰が見ていようが関係ない。気を取りなおして次の言葉を引いた。

市場の夜

ねえ、沖縄って夜になっても明るいの？

店のまえを通った子どもの声に、思わず顔を上げた。夕方六時をすぎても日が出ているから、おかしいと思ったのかもしれない。

そうだね、夏に向けて日が暮れるのはもっと遅くなるけれど、夜は暗いよ。ご両親にかわって胸のなかで答えつつ、アーケードを仰ぐ。天井から吊るされたガラスの風船にはしゃぐ子どもは多くても、屋根を透かす夕日に気がついた子は初めて見た。どこから来たのかな。

七時になると通りの店は次々に閉まり、公設市場のエスカレーターも止まる。九時にアーケードのあかりが消えると、人通りもなくなる。昼は通りにせり出していた棚や台がしまわれて道が広くなり、ますます静まった感じがする。

酔っぱらって遅く帰るとき、ここには誰もいないと思っても、歩くうちに見えてくる。通りの脇にダンボールを敷いて寝ている人。地べたに座って酒盛りする人たち。ごみ捨て場に猫がかたまっている。ねずみが横切る。ゴキブリも出てくる。闇に息づくたくさんの生きもの。私もそのひとりだ。

このごろ裏の通りにおでん屋とお寿司屋ができてから、少し変わってきた。ある夜、自分の店に本を置きにいったら、真っ暗なはずの路上に光と笑い声が漏れていた。スケボーに乗った男の子が後ろを走りすぎ、向こうの通りからギターと歌が聞こえてくる。市場が、みんなの広場になっていた。

いまここで店を開けたら、本を広げたら、誰か来てくれるだろうか。いつもと違うお客さんが、暗いなかで本を選んでくれるだろうか。路上に座りこんで紙をさぐり、見えない文字に目をこらして。妄想しつつ、シャッターを閉めて帰った。

昨日の続き

新しい本を出されたんですね、と男性に声をかけられた。はい、先月出ました。よかったですね、一冊ください。ありがとうございます。こないだ宇田さんが教えてくれた喫茶店に行って読もうかな。喫茶店？　あ、もしかすると今日は休みかもしれません。

おつりを返しながら、この人に喫茶店の話をしたのっていつだっけ、とひそかにいぶかる。何度か来てくれて言葉も交わした人だけれど、しばらく顔を見なかった。話したとしてもだいぶ前のはずなのに、なんだか最近のことのような口ぶりだ。

一日おいて、また来てくれた。喫茶店、やっぱり閉まっていました。今日こそ行って、読んできます。はい、開いているはずですよ。

どこの誰かも知らないお客さんとやりとりするのはいつものことだ。でも、この人は妙に気になる。

さらに数日後に現れて、本、面白かったです。本屋さんの話も沖縄の話も興味深かった。中に出てきた詩人、山之口貘でしたか、読んでみたいのですがと言われて何冊か見せた。あの、僕の船に本がたくさん積んであるんです。よかったら今度お譲りしましょうか。

「船?」

「はい、僕は船乗りなんです。先輩たちの集めた本がいっぱいあるんですけど、ジャンルもバラバラで、誰も読まないので。あした出航して今度は北海道から東北にまわって、次に沖縄に来るのは来年なのですが」

そうだったのか。きっと去年も、寄港しているあいだ店に通ってくれたのだろう。この人のこの町での時間は一年前で止まっているから、まるで昨日の続きのように話してくれるのだ。納得しつつ、まだ気になることがある。

「あの、船にのっている本の状態って……」

「エアコンの完備された食堂に置いてあるから、大丈夫ですよ」

頭のなかで潮風にさらされて色あせていた本が、糊をつけたようにピシリとよみがえった。よかった。来年は、船旅を終えた本たちに会えるかもしれない。

ダンボールガール

自宅兼倉庫の引越し。毎夜スーパーをめぐってダンボール箱を集める。店員さんに声をかけると、「どれでも持っていってください」と快く裏口に案内してくれる。カゴ台車いっぱいに重ねられたダンボールに歓声をあげても、使える箱はそう多くない。あまり薄いと重さに耐えられないし、大きすぎる箱は本をつめたら持ちあがらなくなる。キャベツの箱はちょうどよく見えたのに、組み立てるとふたが短くて上に隙間ができた。

重さと大きさを塩梅しながら本をしまうと八十箱になった。バナナや黒糖の箱がひしめく部屋は、スーパーのバックヤードのよう。友人の助けを借りてバケツリレーのように運びだし、次の家に入れた。

家と店が近づいて、本の移動がらくになった。これまでは自転車に積んだりキャリーバッグを引いたりしていたのが、十五冊くらいならむき出しで抱えていける。「転んだらどうするの」

と向かいの鰹節屋さんに心配されたけれど、いまのところは大丈夫だ。

ある朝、引越しで使ったダンボールが目にとまって、これごと抱えていこうと思いついた。たくさん入って形も安定して、とても持ちやすい。どうしてもっと早く気づかなかったのだろう。

次の日はいつも肩からかけているトートバッグも一緒に入れてみた。荷物がひとつにまとまって、ますます持ちやすい。これならバッグなんて必要ないじゃないか。なんでも引きうけてくれる包容力にうっとりしながら、業者の顔をして市場に向かう。こんな姿を都会の人が見たらなんと言うかと気にしてみても、もうやめられない。

帰ってきた人たち

旧盆の三日めはウークイ（お送り）と呼ばれ、初日のウンケー（お迎え）で帰ってきた祖先を盛大に見送る。準備のために通りの店は朝からほとんど休んでいて、開いていた店も早々に片づけてしまい、夕方五時に公設市場が閉まると目に入るのはシャッターばかりになった。沖縄に血縁のない身にはさびしい夕方。

中国人の男女に公設市場はどこかとたずねられた。シャッターを指してcloseと告げると、whyとつめ寄ってくる。OBONと言ってみても、もちろん通じない。

もう閉めようかと立ちあがったところに、「メリー・お盆」と声をかけられた。知人がニコニコと手を振っている。

「なにそれ」

「お盆のあいさつです。お祝いしましょう、クリスマスみたいに」

「お祝い？」

「亡くなった人に再会できる日ですから」

「私には会いにきてくれる人もいないよ」

「そんなことありません。宇田さんのご先祖様も呼べば沖縄まで来てくれるでしょうし、そこの路地にはおばあたちがたくさん集まっていますよ」

市場のわき道に目をやる。市場で働き、家よりも長い時間をここですごした人たちは、市場に帰ってくるのだろうか。考えてみると、古本屋もまた死者を迎えうる場所だ。本の著者や前の持ち主たちが戻ってきて、いまこの狭い店でぎゅうぎゅうに押しあっているのかもしれない。それならゆっくりしてもらおう。

暗くなるまで店を開けた。帰り道、空を仰ぐとまるくて白い月が見えた。あさっては満月。お盆、おめでとう。

そばを嚙む

そばといえば、沖縄そば。小麦粉の麺はうどんのようで、とんこつの出汁はラーメンのよう。とてもおいしい。でも、ときどき日本そばが食べたくなる。

秋のはじめに、沖縄では数少ない日本そば屋に行った。頼んだのは「琉球三味蕎麦」。三種の薬味の載ったそばを、三種のつゆで食べる。三×三で九通り楽しい。天ぷらもつまみながら、ゆっくり味わった。薬味のひとつは海ぶどうだった。

友人はなめこおろしそばとかつ丼を注文した。そばもかつ丼も食べたい気持ちはよくわかる。しかし食べきれるのかと思っていると、かつ丼にはさらにたぬきそばがついてきた。どんぶりふたつ、ざるひとつ。多すぎたねと笑う口に、そばがつるつると入っていく。小さいころに読んだ本を思いだした。

「障子を開けたらそばが羽織を着て座っていた、っていう落語があったよね」

さあ、と相手は首をかしげる。説明しようとしても筋が出てこない。ただ、さし絵だけが鮮明に浮かんでくる。人のかたちをして、しゃんと座っているそば。そばを食べた人は溶けたのだ。どうして溶けちゃったんだっけ？

次の日、本屋で落語の本を見る。「そば清《せい》」という噺《はなし》だった。人をまる呑みしたウワバミが草をなめると、みるみる腹がへこんだ。それを見た清兵衛さんは、そばを何十枚も食べたあとに同じ草をなめた。結末は絵のとおり。子どもの私が驚いたのは、人を溶かす草があることではなく、体内に飲みこまれたはずのそばが切れ目なくつながって描かれていることだった。清さんはそばを噛まないの？

そばはつつっと喉に流しこむのが粋らしいと知ったいまも、いちいち噛まないとうまく飲みこめない。私があの草をなめたら、床に落ちた平たい洋服のなかに、ずたずたになったそばが散らばることになる。それじゃ、絵にならない。

電気やガスのように

宮古島のアパートの一室に小さな図書室があって、ひとりの女性が絵本を並べて子どもたちが来るのを待っている。自宅を開放するのではなく、手持ちの本を貸しだすのでもない。全国から寄付を募ってまっさらな部屋と本で始めた、新しいかたちの文庫だ。

訪ねていってお話をうかがい、とにかく図書館が大好きな人なのだとわかった。電気やガスのように暮らしを支えてくれる図書館が、誰にとっても身近なものであって欲しい。そう願ってみずから場所をつくった。まずは、未来を担う子どもたちのための場所を。気軽に来られるように、利用は無料。

聞いているうちに、あれ、私も図書館をやったほうがいいのかしらと思いはじめた。本と人のことを本当に考えるのなら、お金を出さなきゃ読ませないなんてけちなことは言わずに、必要とする人に手渡していくべきなのかな。

揺らぎながらも、那覇に戻って自分の本屋を開ければいつもの毎日が始まる。売る本があって、買ってくれる人がいる。

「この本、取り寄せできる?」

お客さんにメモを見せられた。調べると、手配できそうなので引きうける。

「よかった。ここのこと、さっき図書館で聞いたんだ」

図書館で?

「うん。本はいつもたくさん借りて、手元に置きたい本だけあとで買うの。でも、このごろは大きな本屋に頼んでも入らない本が多くて。僕はパソコンもやらないし。困っていたら図書館のいつも話す人が、近くに古本屋がありますよって教えてくれた」

嬉しかった。図書館と本屋は、どちらもあってこそ。

日々を区切る

ようやく冬だと思っているのに町角で濃いピンクの花を見ると、あれもうすぐ春なんだっけと勘ちがいしそうになる。一年じゅう花の咲いている那覇でいま盛りなのは、トックリキワタ。目に入るだけで気分が明るくなる。

土日も祝日もない仕事を続けてきて、さらに沖縄に住んでいると季節もわからなくなって、気がついたらポストに年賀状が届いているような日々を送っている。自分で区切らなければどこまでも続いていく。

本を古本屋に売るのも区切りのひとつ。といっても私は買い取る側だ。このごろは断捨離と終活のブームにのって、各家庭の本がどんどん処分されている。先週、買取にうかがった二軒とも、もう本はいらないから全部持っていってほしいと言われた。それでも一緒に棚を見ていくと、これは東京でお世話になった人が書いた本だとか、僕が高校の教員をしていたときにとか次々に思い出がよみがえり、何冊かは残すことになった。ふたりとも戦前の生まれだった。

今日は近くの美容室の人が本を抱えて持ってきた。来年アメリカに行くことにしたので店を昨日で閉め、本も手放すという。ほとんどが沖縄の本で、もういらないのかなと切なくなりつつ、いや、店にはもっとたくさん置いてあったと思いだす。本棚を眺めながら、私も二回髪を切ってもらった。残りはアメリカまで持っていくのだろうか。

年末に向けて、人の人生の節目に立ちあう機会が増えている。自分のことも忘れないように、今年は早めに年賀状のはがきを買った。たまには年が明けるまえに出して、くっきりと新年を迎えたい。

ほんやくコンニャク

店のシャッターを開けようとしたら、前に本が置かれていた。沖縄のガイドブックと、正方形の本が二冊。手書きのメモが載っている。ついさっき人が来てたよ、と隣の店の人が教えてくれた。本もメモも韓国語で、まったくわからない。でも、もしかすると「あなたの本を読みました」と書いてあるのかも。

沖縄の出版社から出した本が、冬に韓国でも出版された。翻訳の方からはたびたびメールが届いた。「共同売店」とは何ですか。「水割り」とあるのは泡盛の水割りのことですか。このときどのようなお気持ちだったのでしょうか。

沖縄についての質問もあれば国語のテストのような問いかけもあり、翻訳の大変さに同情したくなった。ビジネス書でも小説でもない、つかみどころのない文章を別の言語に移しかえるなんて。かたちになるのか案じていたら、秋の終わりにお客さんから「あなたの本が新刊案内に出ていました」と声をかけられた。韓国の書店で働いているという人だった。

やがて本ができると、毎日のように韓国のお客さんが訪ねてくるようになった。向こうで買ったと言って本を見せてくれる人、小さなおみやげをくれる人。じかにこんなに反響があるとは思いもしなかった。これまで韓国から来てくれる人はほとんどいなかったのに、本が呼びこんでくれた。

自分の本が自分でも読めないかたちになって、新しい人たちに届く。顔を合わせても身ぶり手ぶりと簡単な英語でしかやりとりできないのに、本のなかではもっとこみいった話も通じている。まるで私だけのほんやくコンニャク（ドラえもんのひみつ道具）をつくってもらったみたい。

本が置かれていた次の日、韓国からの別のお客さんに昨日のメモを見せると、「あなたの本を読みました、この本はおみやげです。いつかまた来ます、と書かれています」と、英語で教えてくれた。

初雪の日

扉を開けると、椅子を並べていた店主が手をとめてニコリとしてくれた。

「こんにちは。寒いなか、ようこそ」

「本当に寒くなりましたね」

今日の沖縄は何十年に一度という寒気に覆われているらしく、びっくりするほど風が冷たい。雪が降るのではという話まで出ている。

「でも、むしろ読書会には向いた天気かもしれません」

私も思っていたことを言われて、嬉しくなる。まもなくこの小さな本屋で読書会が始まる。家を出て寒さにひるみながらも、こんな日にあたたかい室内で一冊の本を囲んで話をするのもいいなと、逆に楽しみにもなっていた。

テーブルに紅茶とケーキを並べて、パリの本屋について書かれた本を広げる。セーヌ川をへだててノートルダム大聖堂の向かいにあるその店は本を売るかたわら、貧しい作家や詩人に食事と寝床を与えて助けたという。

本屋の建物はかつて修道院で、夕暮れどきになると灯火係の僧がランプをともした。〈私はその役割を引き継いだような気がする〉と本屋の主人は書き、いつか誰かがこの使命を継いでくれることを願った。

私たちの読書会も、灯火を受けつぐ試みのひとつだといえるかもしれない。きっといま店のあかりは、日が落ちて冷えきった通りを照らしている。

帰り道、なにか硬いものがバチバチと車の窓を打った。

「あられだ！」

一緒に乗っている沖縄生まれの母娘が、携帯で動画を撮りだした。ワアアと歓声が聞こえて目をやると、道向こうの塾から中学生たちが飛びだしてきて、走って跳ねて、全身であられを浴びていた。確かに、今日は勉強よりも外で遊ぶべきだ。こうやって遊べるのは、何十年に一度だけなのだから。

夜、北部でみぞれが降って、沖縄本島で観測史上初の雪となったという。

旅人のように

　ある勉強会で、本の出張販売をすることになった。会場までは家から歩いて二十分、ただし本を四十冊持っていかないといけない。車で行こうか。でも途中に一方通行の道や車両進入禁止の通りがあって、さらに日曜日は国際通りが歩行者天国になるから、迂回したらやっぱり二十分かかりそう。歩きたい、でも本がある、町なかで台車を押すのはおかしいし……そうだ、スーツケースで行こう。

　小さめのダンボール箱に本をつめて、箱ごとスーツケースに入れて持ちあげてみる。重い。一週間の出張に出かけたときより、ずっと重い。

　玄関の外は春の日ざしが暑いくらいだ。ガラガラと通りを引いていくと、スーツケースの観光客とすれちがった。きっと私も観光客に見えるだろう。ここからどこかに出かける人ではなく、外からやって来た人に。

住みはじめたころは、よくそんなことを考えていた。どんなに時間がたっても私は沖縄の人にはなれなくて、よそから来た人のままだと思うとさびしかった。

いまはもう気にならない。この町で仕事をするようになって、家を借りて住んで、ときどき飛行機で外に出てもまた戻ってくる。そうしてすごすうちにまわりに暮らす人たちと知りあって、仕事のほかにも遊んだり食事をしたりするようになった。この町にひととき住んでいるという点では、沖縄生まれの人もそうでない人も変わらない。いつかはみんな出ていくか、いなくなるかするのだから。

ビルについた。会場は三階、エレベーターはない。汗をかいて上った。歩いて運んできましたと話したおかげか、本は半分以上売れた。よかった。

軽くなったスーツケースを引き、こんなふうに本を売りながら旅ができたらと夢みつつ、来た道を帰る。太陽はまだまだ照っている。

パラレルワールド

浦添《うらそえ》の知人に、地元を案内してもらった。那覇の隣の町なのに、車で通りすぎるだけでほとんど歩いたことはなかった。

まずは浦添運動公園を見下ろす食堂に行く。公園の球場では今日、キャンプ中のヤクルトと韓国のチームの練習試合があるらしい。でも、小雨のせいか誰もいない。

食事のあと浦添の名所をめぐった。食堂から道を渡って細い坂を上がると、浦添ようどれ。下って小さな集落に入ると、当山《とうやま》の石畳道。そば屋の上の展望台からは雲にまぎれて渡嘉敷島《とかしきじま》が見え、伊祖《いそ》公園は桜が満開だった。車で少し走っては降りて歩き、少し歩いてはまた乗って、丘陵をなぞった。

最後は浦添大公園ね。このごろは外国からの観光客も来るんだって。海外にはない遊具があるらしい。

車を降りて歩きだすとすぐに、赤や黄色の巨大な遊具群が目に入った。あ、知ってる。思わず声が出た。那覇への帰り道に、国道330号線の伊祖トンネルの手前で見えるアスレチックだ。

通るたびに必ず目に入るのに、公園に続く道は見あたらず、どうやって行くのかいつも不思議だった。子どもたちが遊んでいるのを見ると、あの子たちはどこかから連れ去られてきたんじゃないか、ふつうの人は入れないパラレルワールドなんじゃないかと想像したりもした。思いがけず、私もたどりついた。

雨あがりだからか、中国人のグループが一組いるだけ。子どもはいない。近づくと、二十五メートルあるというらせん状のすべり台を男性がゆっくりと降りてきた。顔のまえに携帯をかまえている。景色の動画を撮っているようだけれど、妙にすました顔なのは自撮りをしているのかもしれない。

しばらくして別の男性が降りてきた。やっぱり携帯をかまえて。すべる男性たちを見ているうちにまた雨が降りだして、すべりそこねた。

日食の朝

こんにちはと笑っている顔を見てすぐに誰かわかったのに、まさか店に来てくれるわけがないと理性が否定した。

「おひさしぶりです。覚えてますか」

「純くんだよね」

うなずかれて、やっぱりと思いながらもまだ信じられない。前に私の勤めていた新刊書店でアルバイトをしていた子だ。

最近どうしてるの。いや、いまはなにもしてなくて。じゃあ相変わらず本ばかり読んでるの。そうですね。あ、宇田さんに教えてもらった本も、読みました。

タイトルを言われた。この子にそんな本をすすめたっけ。いつ、どこで。思いだせない私をおいて、彼は店内に入っていく。

日食の朝の光景がよみがえった。二〇〇九年の七月、四十六年ぶりに日本で皆既日食が見られると話題になり、書店には日食の本やメガネの注文が殺到した。

当日、開店直後のレジに純くんと入った。まだお客さんも少なくて、ただ立っていた。ガラス張りの出入口からはまっすぐに日が差してくる。観測日和だ。

「あ、あの人、日食メガネを持ってますよ」

純くんが口を開いた。向こうの歩道で、男性がメガネを掲げて空を仰いでいる。

「見えるのかなあ。宇田さん、ちょっと外に出てきたらだめですか」

「だめだよ」

諭しつつも、なんだか楽しくなった。いつも私からなにか伝えたり教えたりするばかりで、彼から話しかけてきたのは初めてだった。あれから少しずつ打ちとけて、本の話もするようになったのかもしれない。

日食、見にいけばよかったなあ。考えているうちに中から出てきて、じゃあまた来ます、また本を教えてくださいと言って、一冊買って去っていった。

その場限り

失恋した日の日記をだいぶあとになって読みかえしたら、まるで恋が成就したかのように読めてびっくりしたことがある。悲しいところを抜いて書いたらそうなっていた。ひとつもうそをつかなくても、話は何通りにも語れる。

どうして店を始めたのですかという質問に幾度となく答えるうちに、自分の実感からはどんどん遠ざかっていった。沖縄の出版にひかれてとか市場という場所が面白くてとか、うそではないもののどうも白々しい。大義名分だけでなく私的な思惑もあったし、たまたまタイミングが合っただけともいえる。次に聞かれたら違うふうに答えてみようと決めても、ほかの物語はもう思いつかない。

駅までの帰り道や、大人数の飲み会でのちょっとしたやりとりで、隣の人とふと気持ちが通じることがある。とくに親しくない人でも、また性別にかかわらず、なにかを深く分かちあえて、つかのまこの世にふたりきりになるような。そんな瞬間はすぐにすぎて、駅につけばあっさり別れる。その場限りと知っているからこそ、めぐりあわせがありがたくて大事に覚えておく。

店を開けていると、ときに思いがけないお客さんが向こうからやってくる。店がなければ決して出会えなかった、そして再び会うことはないかもしれない人。ああ、今日ここに座っていてよかったと喜び、明日もここにいようと思う。そのくり返しで店を続けてきた。

恋人になると誓うより、仕事への志を語るより、心を本当に励ましてくれるのは日々の小さなできごとだ。もはや変わりえない開店のいきさつよりも、現在進行形のそんな話をしていたい。

筆圧

古書組合の市で詩集の束を落札した。沖縄の詩人たちの詩集だ。「一部書きこみあり」と注記されていたとおり、ときどき詩のタイトルに鉛筆で印がつけられている。自分はこれが好きかな、と小声でつぶやいているような、控えめな◯印。なるほどこれが好きなんですねと知らない人にうなずきながら、消しゴムで消す。波打ちぎわのらくがきのように、あとかたもなく消えていく。

やがて、おめあての一冊にいきついた。尊敬する詩人の古い詩集。ときに政治を斬り、ときに少年時代を思いだし、しゃれや冗談もまじえながら、口調はいつも穏やかで上品だ。めくっていくと、書きこみを見つけた。ただしさっきまで消してきた薄い線ではなく、紙がへこむほどに押しつけられた文字で「リズム」と書かれている。リズム？　確かに韻を踏んで字数をととのえた詩だけれど。

さらにページを繰る。詩のなかの「ナジャ」には「アンドレ・ブルトン」と、「ユンタク」には「おしゃべり」と書きそえられ、まるで国語の副読本のよう。まじめに読んだのはわかるものの、興ざめしてしまう。しかも筆圧が強くて、消しても消えない。鉛筆の黒い芯が奥まで刻みこまれている。あの控えめだった持ち主とは、明らかに別の人だ。

頼むから、静かにしてください。私はこの詩人とゆっくり話をしたいのに、あなたが割りこんでくるから聞こえません。いったいなんの権利があってこんなと憤り、この人の本だったのだからしかたがないと思いなおし、いや、いまはもうこの人の本ではないとまた憤る。いつか自分のものではなくなるのだから、あの世に持っていくことはできないのだから、買った本も図書館で借りた本のように大事に扱ってほしい。古本屋の勝手な言いぶんだろうか。

あの優しい詩人は、熱心に読まれてうれしいと言うかもしれない。でも余白が他人の筆跡で埋めつくされているのを見たら、やっぱりいい気持ちはしないのでは。ぶつぶつ言いながら、消す。机の上は消しゴムのかすだらけになっている。

レンズ

目が痛くなって店を抜けだし、建物の二階にある流し場に向かった。右目のコンタクトレンズをはずすとピンとはじけて飛んでいき、消えた。一瞬のことだった。

大丈夫。排水口にはネットがはられているから、流れてはいない。絶対にここにある。シンクに目を近づけ、手をすべらせる。何往復かして、しゃがんで床も見る。手をあてて這いつくばる。洋服をはたき、もう一度シンクを覗く。

落ちついているふりをしていたのが、だんだんあせってくる。探しものは最初の三分が勝負。そこで見つからないと、そのまま出てこない可能性が高い。新しいレンズをつくる手間とお金を考えた。うす暗くて焦点のあわない世界でしばらく暮らすことも。

がっくりしていたら、階段をのぼってくる足音が聞こえた。近くの店の人がトイレに行こうとしている。思わず呼びとめた。

「コンタクト？　まじ？　どれくらいの大きさ？　え、そんなに小さいの？」

トイレに急いでいるはずなのに、かがみこんで探してくれる。人を巻きこんで、本当に迷惑なことだ。いいです大丈夫ですと言おうとしたとき、

「あったよ」

あっさりさし出されて、まじ？　と口走りそうになる。排水口のネットに引っかかっていたらしい。私には、見えなかった。

主人公が道端でレンズを落として困っていたら、通りがかった人が一緒に探してくれて恋に落ちた、という漫画をいつか読んだ。いま、その気持ちがわかった。自分が見失ってしまった光をとり戻してくれたのだから、特別な人になるだろう。

ありがとう、本当に助かりましたと騒ぐ私を置いて、相手はトイレに入っていった。

塗りこめる

床と棚の一部を塗りなおすことにした。といっても自分で作業をするわけではない。大工仕事の得意な友人が引きうけてくれた。

夜八時半をすぎてまわりの店が閉まったころ、車輪のついた棚を外に出して、店内の棚は養生して、ハケで床を塗りはじめる。こげ茶色のオイルステインが床にしみこんでいく。私はしゃべりながら見ているだけ。ちょっと濃すぎるかな、と心配そうにしているのを、大丈夫でしょうとのんきに励ます。

床が終わったら、外に出した棚を塗る。本当は店内の棚も全部塗りたい。でも、そのためには本をみんな店の外に出さないといけない。狭い店のなかには置ききれないから。そして棚が乾くまで路上で一晩待ち、眠い体で本を戻すことになる。考えただけで疲れてしまったので、今日はあきらめた。

店を始めたときも、夜中に作業した。別の友人が来て仕切ってくれて、私もたまにハケを手にしつつも、ほとんど眺めていた。てきぱきと働く人たちを見ながら、ちゃんと店をやっていけるだろうか、みんなの労力は無駄にならないかしらと案じていたけれど、はた目にはただぼんやりしているように見えただろう。

やがて店を開けて、棚を動かして人が出入りして床の色がはげ、本を抜きさしするうちに棚の色もはげた。こうして上から色を重ねて、これまでにここに来た人と本の動きを塗りこめてしまった気がする。

ひととおり作業がすむころには床の色もなじんでいた。こげ茶色が深まったおかげで、店内も心なしか落ちついて見える。磨かれた靴のように晴れがましい。明日からまた、たくさんの人と本を迎えられますように。

待合室

受付に診察券を出して、横のラックから新聞をとってソファに座る。今日のトップは「勝連《かつれん》城《ぐすく》跡からローマ帝国銅貨」。なに？　いきなり壮大すぎてよくわからない。気になりつつも、左にある台風十七号の記事を先に読む。沖縄本島は暴風域に入らないのに、外の風は思ったより強かった。

診察室のドアが開き、まるいめがねをかけたおばあさんが出てきた。すっと隣に座って紙面に目をやり、「また台風ね。サクモトが大変ね」と言う。佐久本、宮古島あたりの地名かしらと思っていると、「野菜が高くて」。あ、作物か。

「日曜日は怖かった。夕飯のしたくをしていたら急に雷が落ちはじめて」

待ち合わせの相手に会ったかのように自然に話しはじめたので、こちらも「あ、先週の？先々週でしたっけ」と応じる。

台風十六号も直撃はしなかったものの、空は荒れた。国際通りは歩行者天国で、私は灰色の雲の下を観光客にまじって歩いていた。車道をななめに進んで反対側の歩道に渡ったとたんに空が光り、またたくまに雷の音と大粒の雨が降ってきて、思わず横の店に飛びこんだ。世界が雨にかき消されたように真っ白に見える。ほかの店の軒先にも数人ずつかたまって、車も人もいない道路をみなで眺めていた。五分ほどで小降りになり、本屋のイベントにはまにあった。

「びっくりして東京の息子に電話したわ。夕飯のしたくをしていたのに」

あれは二時すぎだった。この人はもう夕飯をつくっていたのか。聞きまちがいかな、でも二回言った。手のこんだ料理だったのか、いつものことなのか。あれこれ想像しかけたら、ドアが開いて「宇田さん」と呼ばれた。

夕飯も台風もローマも気がかりだけれど、まずは虫歯を治さねば。立ちあがって新聞をラックに戻し、ドアに手をかけつつふり返り、おばあさんに会釈する。日曜日の夕飯は、なんでしたか。

古本と風呂敷

公設市場に続く商店街の、店と店のあいだの階段をのぼると長い廊下がのびていて、片側に窓、片側に部屋が並ぶ。そのなかに、週に一日だけ開く図書室がある。

戸を開けるともう何人か集まっていた。たこ焼きにから揚げ、さんぴん茶や焼酎の載ったテーブルを囲んで乾杯する。読書会の始まりだ。

ひとりずつ自己紹介しながら、自分の持ってきた本について話す。今日のテーマは「沖縄」。雑誌の沖縄特集や定番の『沖縄文化論』、ひめゆり部隊を題材にした漫画もある。一見、沖縄に関係なさそうな本も、「実はこんなページがあって」と明かされて感心した。

聞きながら、その人がその本に出会った場面を思いうかべる。ツタヤで買った本を鞄にしまい、新都心の坂を自転車でくだる背中。古本屋の奥の棚のかげで写真集を繰る指。町のあちこちに、本に引き寄せられる姿が見える。

途中でそっと戸が開いた。入ってきた人は割りこむすきのないテーブルを避けて脇の椅子に座り、カウンターに風呂敷の大きな包みを置いた。お寿司かしら。視界のすみでぼんやり眺め、また本を広げている人に向きなおる。

やがてテーブルの人の話がひととおり終わり、カウンターの彼の番になった。みんなが注目するなか風呂敷がほどかれて、茶色い函入りの本が出てきた。

「なんだ、食べものかと思ってた」

声があがって、私だけじゃなかったとひそかにほっとする。寿司桶よりも大きく立派な『琉球建築』は、戦前に出版されて復帰の年に復刻された本だ。

「父が買ったそうです。家にありました」

昔の首里城の写真に見とれながら、想像する。父が四十年前に買った本を人に見せようと、風呂敷で大事にくるんで息子が担いでいく場面は、本の中身と同じくらい魅力的に思えた。

夢の鳥

年に一度、ネットショップで洋書を買う。「owl calendar」で検索すると画面にずらりと表紙が並び、フクロウたちがいっせいにこちらを見つめてくる。一羽ずつクリックして、中身を見ていく。

フクロウのカレンダーを買うようになったのは十年くらい前からだ。そのころ熱烈にフクロウが好きになって、写真を見まくっていた。もっと見たい。洋書の写真集が欲しい、でも高い。カレンダーなら買えるのではと思いついて調べたら、いろいろ種類が出ていた。catやdogには及ばなくても需要はあるようだ。

一か月につき一羽のフクロウ。ヒナだと何羽かいることもある。はじめのうちは月が替わるたびに「ああ、今月のメンフクロウの羽のきらめき！」と感嘆していたけれど、このごろはほぼ展開が予想できるようになった。それどころか、数年前と同じ写真が使いまわされているのにも出くわす。

フクロウは世界中に生息し、それぞれの土地に合ったかたちに進化をとげた。大きな体を灰色の毛で覆ったカラフトフクロウは、北方の森で雪の下のネズミを襲う。小柄なコキンメフクロウは草原や公園に入りこみ、つぶらな瞳で昆虫を追いかける。

そんなフクロウたちをふり分ければ、寒い季節は毛むくじゃらのフクロウが木のうろで風を避け、暖かくなれば花畑をフクロウのヒナが飛びまわるような写真ばかりになる。しかたがない。それでも飽きずに店の帳場に提げて、「こわいです」「今月はかわいい」といったお客さんの声を楽しんでいる。

この夏、店の向かいにフクロウカフェのようなものができて、十数羽のフクロウが生息するようになった。ときどきスタッフが腕に一羽のせて通りを歩く。私が店番している目のまえをコノハズクが通りすぎ、カフェ帰りのお客さんがフクロウの本を買ってくれる。あまりに夢のようで、夢かもしれない。来年もこのまま覚めずにいたい。

王国の面影

日に何度か、配送業者の人が大きな台車で通りの店をまわり、一軒ずつ声をかけて荷物を引きうけていく。いつも途中で載せきれなくなって、市場の営業所に戻って下ろしては出なおしてくる。私も呼びとめて本の入った封筒を渡そうとすると、「いま載らないんで、あとで取りにきますね」と拒まれた。こんな薄くて小さな包みは、かえってじゃまになる。

古本屋を始めてから、どうやってものを送るかということばかり考えている。安さと速さ。手渡しかポスト投函か。追跡はできるか、補償はあるか。相手とこちらの都合をすりあわせて、いちばんいい送りかたを探す。

ここが沖縄でなければ、こんなに悩まなくてすむのかもしれない。県外への宅配便は値段がはね上がるので、できるだけ配送料が全国均一の方法を選ぶ。厚さと重さの制約に、毎度泣かされる。本は薄く引きのばすことも半分ずつに分けることもできないから、そのままのかたちで送るしかない。あと数十ページ少なければこのサイズに収まったのに。嘆いては、しみったれた自分が情けなくなる。

最近、店のトートバッグをつくった。せっかく注文をいただいても、なかなかうまく折りためない。絵が切れてしまったり、持ち手の部分が重なって厚さがオーバーしたりして何度もやりなおす。手先の不器用な私には、かたちの決まった本が向いているのかもしれない。

夕方になると、営業所のまえにとまったトラックに荷物がどんどん積みこまれていく。あれがみんな市場からの荷物だとは。小さな店が何百軒も集まって、県外へ海外へ、トラックいっぱいの商品を送りだしている。荷物は明日には港か空港に運ばれて、海を渡る。国道58号線を海岸線に向けて走るトラックに、かつて東アジアの交易の拠点として栄えた那覇の面影を見る。

新年を祝う

辻の料亭で商店街の新年会が開かれた。始まる五分前に着くと、二列の長いテーブルはほぼ埋まっている。隣の雑貨屋さんが「横、あいてるよ」と声をかけてくれたのでそこに座った。

「すごい人だね。百人くらいいるのかな」

雑貨屋さんは三か月前に店を始めたばかり。初めての新年会だ。

「お正月はどうでしたか。お店、開けたんですよね」

「それがさ、元旦は人通りは多かったんだけど、みんなブラブラ歩いてるだけであんまり売れなかった。二日からはよかったよ」

「そうですか。年明けすぐはまだ買いものする気分じゃないのかな」

「うん。だからね、来年の元旦は休む」

新年会ですでに来年の話をしている。私が店を始めたころは日々を送ることに必死で、来年の話なんてとてもできなかった。いまもできない。去年、知り合いにあれこれ相談しながら「でも先のことはわからないから」と言ったら、「あなた、ずーっとそう言ってるよね」とあきれられてしまった。

ともあれ今年も新年会に出られた。去年も横には隣の店の人が座っていたけれど、別の人だった。旦那さんのお母さんから引きついだ店を四十年以上続けた漬物屋さんは、冬の終わりにやめた。そこが秋に雑貨屋になった。二軒先の洋服屋さんも春に閉めた。いまの建物ができるまでは、体に下着やくつ下をくくりつけて売り歩いていたらしい。旦那さんはいつも短パンなのに、新年会だけはスーツで来ていた。

ムームー屋さんの歌う天童よしみを聞きながら、並んだ顔を見る。お金や体調、家族や政治などそれぞれに心配ごとを抱えながらも店を続けて、私たちは今年も集まれた。来年も一緒に新年を祝えますように。できるだけ、誰も欠けずに。

デザートのタピオカを食べていたら、来年は歌いなさい、練習しておきなよ、と通り会の会長に肩をたたかれた。

青色の灯火

免許の更新のため、朝から車で隣の豊見城《とみぐすく》市に向かう。橋から空と海を見る。数年前に建てられたばかりの運転免許センターは隙のないきれいな建物で、どこかよそよそしい。証紙を買って書類を出して、写真を撮った。一番寒い季節のはずが今年はずっとあたたかくて、みな軽装で来ている。長袖と半袖、沖縄ではどちらの免許写真が多いのだろう。一年の半分は夏だから半袖だろうか。どちらにしても、袖は写らない。

講習室に入り、配られた教本を眺める。「原動機付自転車」だの「青色の灯火」だの、机上でしか見ることのない単語がなつかしい。もう試験はないのだと思ってほっとする。

開始時刻の少しまえに角刈りの男性が立ちあがり、話しはじめた。おはようございます、講師の平良です。ここにいるみなさんは優良運転者ですね! おめでとうございます。この先も事故を起こさないようにしっかり講習を受けてください。短い時間ですが。

「いや、今年ももう二月ですね。一月はあっというまでしたね」

え、平良さん。いったい私たちのなにを知っているの。聞き流せばいいのに、引っかかった。一月は一日一日がみっしりしたケーキのように詰まっていた。なにをしたというのでもないけれど、これまで気まぐれに手をつけていた仕事や家事、遊びや休みを切りわけて日ごとに割りふってみたら、いつになく持ち重りのする月となった。

ここにいる人たちは家も誕生日も近い。でも、毎日のすごしかたはまったく違う。仕事、家事、育児、介護、療養、学校、勉強、求職、ボランティア、きっと私には思いもよらない暮らしが、それぞれの一月がある。一気に駆けぬけた人も、永遠のように感じた人もいるだろう。優良運転者にも、毎日車に乗る人と一度も運転しなかった人がいるように。

帰りも空と海を見る。浜に下りてゆっくりしたい青さだけれど、戻って店を開けなければ。二月は海の予定も入れようと決めて、橋を渡る。

台北の市場にて

国立台湾歴史博物館の外に出ると、お昼は市場で食べましょうと林《リン》さんが言った。わあ、行きましょうと手をたたいて喜ぶ。どこか市場を見てみたいと、台北に来るまえにメールで伝えていた。

五分も歩いたら「城中市場」の看板が現れ、アーケード街が始まった。洋服やくだものが路上まではみ出している。那覇の市場と同じだ。奥に進むと食堂が何軒もある。どこにしましょうかと聞かれ、何度か行ったり来たりして、行列のひとつに並ぶことにした。

ここは「自助餐《ジージューツァン》」、ビュッフェの店です。肉か魚の主菜をひとつと、おかずを四品選んでください。林さんに言われて、容器からあふれそうな惣菜に目を走らせる。青菜炒め、麻婆豆腐、ゆで卵。指さすと、店の人がプレートによそってくれる。これでは無難すぎると思い、最後は見慣れない白くて細長いのを指した。イカだろうか。メインの煮魚、山盛りのごはん、スープももらって席に着く。

ひととおり箸をつけていく。どれもおいしい。調子よく食べていたら、白いのでつまずいた。なにこれ、苦い。イカじゃない。噛むとぼろぼろと崩れて、苦みがしみてくる。

ああ。台湾に来てからなんでもおいしかったのに、とうとう口にあわないものを見つけてしまった。がっかりして青菜炒めを食べていたら、林さんが言った。

それは台湾の野菜で、油麦菜《ユーマイツァイ》といいます。そうですか、じゃあこれは？　白いのを指すと、あ、それはゴーヤーです。白いのは台湾の品種かもしれません。

ゴーヤー！　思いがけない答えにびっくりして、あわててひとくち食べた。苦い。でも、ゴーヤーだと思うと気にならない。むしろおいしい！

名前がわかっただけで食べられるようになるなんて、ずいぶんいいかげんな味覚だ。あきれながら、私は沖縄が好きなんだなとふと思った。初めてゴーヤーを食べたときも苦かっただろうに、沖縄の野菜だからと自分を励まして食べたのだろう。好きになりたくて。

食後にジューススタンドに行き、ここぞとばかりにゴーヤーのジュースを頼んだ。すみません、冬は出せないそうです、と林さんが言った。

左手の言語

アメリカからイタリアに移り住んで一週間。ゴミの捨てかたもバスの乗りかたもわからない日々を送りながら、ジュンパ・ラヒリはイタリア語で日記を書きはじめる。両親から伝えられたベンガル語でもなく、小説を書くのに使ってきた英語でもない第三の言語で、たどたどしく文字を連ねる。〈まるで、うまく使えない左手、書いてはいけない手で書いているようだ〉。

読むうちに、子どものころの感覚がよみがえった。左利きだった私は利き手をなおすように言われ、右手で文字を書かされていた。幼稚園で紙を配られて、みんな自分の名前を書く。私だけものすごく下手だ。本当はちゃんと書けるのに、とくやしかった。誰も見ていないときに鉛筆を左手に持ちかえると、のびのびと動いてほっとした。

言葉のできない国で暮らすのは、利き手を使えない国に暮らすようなものだろうか。思うように書けない、動けないもどかしさ。ラヒリはそこに喜びや気楽さも感じたようだけれど、私はつらくて逃げてしまったから、いまだに右手も外国語も使えない。

先日、台湾からのお客さんが店にやってきた。いろいろ探したいものがあるようで、英語やスマートフォンを駆使し、何度も聞きかえしながらどうにかやりとりした。

私の本の台湾版を買ってくれて、なにか言おうとしているので「サイン？」と聞くと笑ってうなずいた。表紙をめくって書きはじめたら、「私も」と言いながら左手の指をペンを持つように動かしてみせる。「あなたも、Left-handed？」「そう！」ますます笑顔になった。

「あなたの名前を書いてください」と紙とペンを渡すと、左手で漢字を書いてくれた。それを私の左手で書きうつす。初めて共通語が見つかったような、通じあえたような気がした。一緒に写真を撮って別れた。

ミシン

公民館で足踏みミシンを習った。足元のペダルを前後に踏みながら、手元の布を前に進めていく。ペダルはどんなタイミングで踏みかえるのですかと聞くと、それは自分で感覚をつかんでくださいとの答え。はじめから言葉にすることをあきらめていらっしゃる。とにかく始めてみた。踏みこみが足りなくてペダルが動かなかったり、布が手前に戻ってきてしまったり、ちっともうまくいかない。それでもぐいぐいと踏みつづけたら、タタタと布がすべりだした。できた、と喜んで布の向きを変えると、またできなくなっている。ズルズル戻ってはタタタと進むのをくり返して、どうにか小さな巾着袋を縫いあげた。

春に転職して山の近くに住むようになった友人が、初めての車通勤に苦労している。発進と停止がへたで、自分の運転に酔ってしまうという。アクセルは空ぶかしになるし、ブレーキを少しずつ踏んでも最後は前のめりになるし、どうすればいいんだろう。聞かれても、私も運転は苦手なのでアドバイスできない。すぐに慣れるよと励まして、ミシンの先生を思いだす。

スマートフォンで卒論を書きあげたという学生に会った。パソコンを打つより速いので、とすましている。私のころはスマートフォンどころか、パソコンで論文を書くことにもいい顔はされなかった。手書きとパソコン入力では文章が変わってしまうからと。それはそうだけれど、どちらが優れているというものでもないと思う。その道具なりのよさが出るのではないか。タイプライターで原稿を書いたら打ちなおしができないという緊張感が生まれるだろうし、バチとキーをたたく快感から、テンポのいい文章になるかもしれない。

もしも入力に手だけでなく足のペダルも必要だったら、文章はどう変わるだろう。ピアニストのような全身のうねり、自転車をこぐときの軽やかさなどが表せるだろうか。いま書きながら足を動かしてみたけれど、よくわからなかった。

命のお祝い

朝。車で右折したとたんに「いま、バスレーンだ！」と気づき、あわてて次の角を曲がった。平日の朝と夕方は、バスを優先するための交通規制がある。坂をのぼって大きく迂回した。なんだか道がすいていて日曜日のよう。あ、今日は祝日だ。バスレーンじゃなかったのかも。いや、祝日とは呼ばないか。

六月二十三日が近づくと、新聞やテレビ、ラジオで沖縄戦の話題が多くなり、書店でもフェアを組む。沖縄戦の組織的戦闘が終わった日とされる「慰霊の日」だ。糸満の平和祈念公園で追悼式が開かれ、学校や県の公共施設は休みになる。

沖縄戦が終わって間もないころ、悲しみにくれる人々を訪ねて「命《ぬち》ぬ御祝事《ぐすーじ》さびら」と声をかけ、三線を弾いて歌い踊ってみせた人がいたそうだ。小那覇舞天《おなはぶーてん》という人だ。「命のお祝いをしましょう」と呼びかけて「なにがめでたいのか」と怒られても、舞天は「こんなときだからこそ生き残った命を祝い、元気を出しましょう」と励まし、笑わせたという。

今日は戦争が終わった日だから、「祝日」と呼べなくもないのかもしれない。それでもやっぱり呼ぶ気にはなれない。七十二年たってもそうなのに、終戦直後に「祝いましょう」と歌って踊るなんて。その勇気と覚悟ははかり知れない。

昼すぎに家に戻ると、駐車場の脇で子どもたちが虫とり網をふり回していた。空き家だった古い建物が少しまえに取り壊されて、草むらになった。石や木の板があちこちに落ちていて水たまりもあって、虫には住みやすそうだ。もうすぐここも駐車場になるらしい。

今日はたくさん遊べるといいなと思う。好きなことをしてすごして、命のお祝いとしたい。

電気どろぼう

開店準備を終えて帳場に座ると、左の部屋の電球が切れているのに気がついた。窓もないので真っ暗になっている。新しい電球を出してきて替えた。

つかない。そもそも、このままLEDに替えたばかりだった。問題は電気系統か。ブレーカーを切ったり入れたりしてみる。つかない。

こんなとき、いつも見ぬふりをしたくなる。明日になったら自然に直っているかも、とか。暗い本屋も趣《おもむき》があるんじゃないか、とか。

昔、「闇棚」というイベントを妄想した。暗い店内で闇鍋のように本を選んで、思いがけない本に出会う。そんなことを考えたのは、本屋が明るすぎる気がしたからだ。本は、部屋のすみやふとんの下でひっそりと広げたい。闇のなかでそこだけ白く灯るページに向きあって、自分だけに見える世界に入っていきたい。

いや、逃避はやめよう。とりあえず誰かに話そう。お隣の漬物屋さんには、台風対策もゴーヤーの調理法も、なんでも相談してきた。漬物屋さんは去年店をやめてしまったけれど、あとに入った雑貨屋さんも親切な人で、頼りにしている。

こっちの部屋の電気がつかなくなっちゃったんですよ、と話しかけると、「あっ！」と声があがった。

「昨日の夜クーラーの工事に来てもらったとき、電気の配線も整理してもらったんだけど、一本よくわからない線があって、切っちゃったんだよね。あれはウララさんの線だったのか」

なんと。すぐに昨日の電気屋さんを呼んでもらい、戻してもらった。

「左の部屋の電気は雑貨屋から引かれているから、電気料もずっとこっちで払っていたはずだね。ひとまずメーターは切りわけておいたから」

なんと。店を始めてから五年半、電気どろぼうをしていたとは。右の部屋の電気代に含まれていると思っていた。たいした金額じゃないよ、電球一個ぶんだもんと雑貨屋さんは笑ってくれたけれど。漬物屋さんにも、謝りたい。

かわいいもの

髪を洗ってもらって席に戻ると、「これ、かわいいんですよ」と雑誌を掲げた美容師さんが鏡ごしに笑いかけてきた。私もたまに見る雑誌で、特集は猫。受けとって広げたら電話が鳴って、美容師さんは「ちょっと失礼します」とカウンターに向かった。

飼い猫の投稿写真、アイドルが猫愛を語るインタビュー。ぼんやりと眺めるうちに「ね、みんなかわいいでしょう!」と声をかけられ、ついあせって雑誌を閉じた。猫の出てくる短歌を集めたページを読んでいたから。彼女が見せたかったのはかわいい猫の写真なのに、活字を追っていたのが後ろめたかった。

つい写真より文字に惹かれてしまうし、写真を見ても猫は猫としか認識できない。誰かと歩いていて猫とすれちがい、あとで「さっきいたまだらの猫、黒と茶色の……」と言われても、柄なんて覚えていない。

夕方になると、私の店の向かいのひさしの上を猫が横切る。それが黒猫だということから始まって、首輪をつけているからどこかの店の猫らしいこと、はじめのころはおそるおそる進んで鰹節屋さんの上で引きかえしていたのに、いまは果物屋さんのほうまで行くこと、このまえはお茶屋さんのところに下りて小さな猫と一緒にいたからお母さん猫なのかもしれないということまで、店番を手伝ってくれる人に聞くまでわからなかった。

うつむいて文字を追っているあいだに、店のまえを通りすぎるかわいいものをたくさん見落としているのだろう。楽しい物語や、すてきな人たちも。誰かかわりに見て、教えてほしいと思う。

サンライズ

海岸についたときは明るかったのに、七輪でたまねぎを焼きはじめたら空が紫色になっていた。暑くても秋は近い。

「すみません、サンセットが見られる場所はどこですか？」

若い女性が息を切らして駆けてきた。えー、こっちからは見えないよ、東だもの。反対側に行かないと。そこは車でどのくらいかかりますか？　三十分はかかるよね、もう間にあわないから明日にしたら。

最後まで聞かずに女性は走り去った。きっと明日帰っちゃうんだろうね、と言いながらひとりがたまねぎを口に入れた。うん、まだ生だ。

六年前、私たちは毎晩のように橋を渡り、小さな島の砂浜に集まって、日が昇りかけるまでそこにいた。まわりには誰も住んでいなくて、音を出しても火をたいてもよかった。いまはその脇に大きなホテルが建ち、浜にも椰子の木などが植えられてすっかり整備されている。今日来たのは別のビーチの駐車場で、足元はコンクリートだし、ここから海には下りられない。それでも通りぬける風は涼しく、星も見えてきた。

葡萄や餃子、太鼓にギター、好きなものを思い思いに広げる。あのころみんなの演奏を黙って聴いていた人が、三線を弾きながら歌えるようになっている。仕事なんか休んで遊びにいこうというのが口ぐせだった人は、三年前に始めた店を毎日開けていると話す。去年この世に生まれた子どもは、笛を吹いて同じ音を鳴らしつづけている。

日付が変わるまえに帰ることにした。気をつけて、うちらもそろそろ帰るよ。みんな神妙な顔をして送りだしてくれた。

次の日、「結局朝までいて、車で寝てから帰りました」とメールが来て、変わってないなあと安心した。サンライズは見たのだろうか。

メッセージ

沖縄の食品や工芸品を扱う店に古本を卸すことになった。塩の隣に料理の本を、布の隣に染織の本を並べて売りたいという。

本のまわりを拭いてグラシン紙をかけて納品の準備ができたところで、思いついてしおりを挟むことにした。私の店の名前や地図や営業時間の書かれた、要はしおり型のショップカードである。挟んでもいいか先方に確かめるべきだろうか、まあいいか、と入れていった。古本から書店や別の出版社のしおりが出てくることなんてしょっちゅうある。切符やはがき、お札が挟まっていたって外からは見えないし、いつ誰が入れたのかもわからないのだから。棚の古本にビラを挟んでメッセージを仕込んでおくこともできるな、瓶に手紙を入れて海に投げこむみたいに、などと妄想はふくらむ。

そもそも、本はそういうものだ。はた目にはみんな似たようなかたちで、インクで模様を印刷した紙が綴じられているだけなのに、開いて読んでみたら過激なメッセージを発していたりする。読むまではわからない。

読んだ人がどのようなメッセージを受けとるかということも、書き手にはわからない。思いがけない解釈もされるだろう。メッセージの意味が書き手にも制御できないなんて、ずいぶん危なっかしい。もはや過激なのは本の存在そのものだ。禁書や焚書をするなら、すべての本を焼き尽くさなければ。

といっても、食品だって工芸品だって受けとめかたは人による。同じ塩をなめ、同じ布を身につけても、なにも感じない人もいれば、人生が変わるほどの衝撃を受ける人もいる。

送り手から受け手になにが受け渡されるかは予測不能だ。あいだに立つ売り手にできるのは、邪魔をしないことくらい。過剰な期待をあおらず、好みを押しつけたりもせず、そこに置いておく。あとは、まかせた。

あとがき

「公設市場のなかを探してしまいました」

と、ときどき県外から来たお客さんに言われる。確かに、「市場の古本屋」と聞いたら、第一牧志公設市場に入っていると思うのが自然かもしれない。

沖縄では、公設市場だけでなくまわりの商店街まで含めて「市場」＝「まちぐゎー」と呼ぶ。「まちぐゎー」は、「町」＋「小（ぐゎー）」。「小」は親しみをこめた愛称のようなものらしい。このあたりは狭くて車も走れない道に小さな店がひしめき、路地が迷路のように入り組んでいる。地元の人にとっては買いものをして、友だちとお茶を飲み、店主とおしゃべりをしてのんびりすごせる場所。外から来た人にとっては、沖縄の空気を五感で味わいながらおみやげを買える場所だ。

そんなこともよく知らないまま、私は公設市場の向かいで古本屋を始めた。本を見て人が立ちどまり、ときどきなにか話してくれる。昔あったこととか、家族のこととか。一緒に本を広げながら話を聞いたり、ときには相手が帰ったあとに本を調べたりして、市場や沖縄について細切れに知っていった。それまでなんの縁もなかった場所が、たくさんの人と本のおかげで身近になった。

この本には、ここ五年ほどのあいだに書いた文章が収録されている。なくなった店やいなくなった人があたりまえのように登場していて、あのとき書いておいてよかったと思う。過去形でなつかしむのではなく、今日も会って明日も会えると信じたまま書けて、よかった。私に書く場所を与えつづけ、自由に書かせてくださった編集者の方々に心からお礼を申し上げます。

装丁家の矢萩多聞さん、イラストレーターの千海博美さん、校正者の牟田都子さん、いつか晶文社から本を出したいという夢を抱かせてくれた中川六平さん、それを現実にすべく力を貸してくださった斉藤典貴さん、ありがとうございました。

旧暦三月三日の浜下りの日に、浜ではなく市場の古本屋にて。

宇田智子

◎著者について
宇田智子（うだ・ともこ）
一九八〇年、神奈川県生まれ。二〇〇二年にジュンク堂書店に入社し、池袋本店で人文書を担当する。〇九年、那覇店開店にともない異動。一一年七月に退職し、同年一一月一一日、那覇市の第一牧志公設市場の向かいに「市場の古本屋ウララ」を開店。著書に『那覇の市場で古本屋――ひょっこり始めた〈ウララ〉の日々』（ボーダーインク）、『本屋になりたい――この島の本を売る』（ちくまプリマー新書）がある。一四年、第七回「（池田晶子記念）わたくし、つまりNobody賞」を受賞。現在、古本屋店主として働きながら、さまざまな新聞、雑誌に執筆活動を行っている。

初出一覧

i　市場の時間
『BOOK 5』 7号〜21号「市場の教室」（トマソン社）

ii　地元の町、遠くの町
小さな冊子〜“Can you speak English?”『フリースタイル』25号〜35号（フリースタイル）
人生の最後に読みたい本　『週刊朝日』2014年10月17日号「最後の読書」（朝日新聞出版）

iii　月日のかけら
『本』2014年1月号〜2017年12月号「ほんの序の口」（講談社）

収録に際して加筆修正・改題しました。

市場《いちば》のことば、本《ほん》の声《こえ》

著者　宇田智子

発行者　株式会社 晶文社
〒一〇一―〇〇五一　東京都千代田区神田神保町一―一一
電話　〇三―三五一八―四九四〇（代表）・四九四二（編集）
URL　http://www.shobunsha.co.jp
印刷・製本　ベクトル印刷株式会社

ISBN978-4-7949-7024-4　Printed in Japan

二〇一八年六月一〇日　初版

晶文社の本 好評発売中

あしたから出版社　島田潤一郎

「夏葉社」設立から5年。こだわりぬいた本づくりで多くの読書人に支持されるひとり出版社はどのように生まれ、歩んできたのか？　編集未経験で単身起業。ドタバタの編集と営業活動。忘れがたい人たちとの出会い……。エピソードと発見の日々を心地よい筆致でユーモラスに綴る。

ローカルブックストアである福岡ブックスキューブリック
大井実

2001年に船出した小さな総合書店「ブックスキューブリック」。素人同然で始めた本屋の旅は、地元・福岡の本好きたちや町の商店主を巻き込み、本を媒介に人と町とがつながるコミュニティづくりへと発展した——。これからの本屋づくり、まちづくりのかたちを示した一冊。

口笛を吹きながら本を売る　柴田信、最終授業　石橋毅史

書店人生50年。85歳の今も岩波ブックセンターの代表として、神保町の顔として、書店の現場から〈本・人・街〉を見つめつづける柴田信さん。柴田さんの書店人生を辿り、本屋と出版社が歩んできた道のり、本屋の未来を考える礎、これからの小商いの在りかたを考えた、渾身書き下ろし。

文字を作る仕事　鳥海修

本や新聞、PCなどで毎日、目にする文字は読みやすさや美しさを追求するデザイナーによって生み出されている。書体設計士の著者はどのように文字作りの道を歩んできたのか？「水のような、空気のような」書体を目指し活動してきた37年間を振り返り、これからの文字作りへの思いを綴る。

古本の時間　内堀弘

東京の郊外に詩歌専門の古書店を開いたのは30年以上も前のこと。数知れない古本との出会いと別れ、多くの作家やファンとの交流の歴史。最近はちょっとだけ、やさしかった同業者の死を悼む夜が多くなった……。古本の醍醐味と仲間たちを温かい眼差しで描いた珠玉のエッセイ集。

荒野の古本屋　森岡督行

写真集・美術書を専門に扱い、国内外の愛好家から熱く支持される森岡書店。併設のギャラリーは新しい交流の場として注目されている。これからの小商いのあり方として関心を集める古本屋はどのように誕生したのか。オルタナティブ書店の旗手が綴る、時代に流されない生き方と働き方！

偶然の装丁家　矢萩多聞

学校や先生になじめず中学1年生で不登校、14歳からインドで暮らし、専門的なデザインの勉強もしていない。ただ絵を描くことが好きだった少年は、どのように本づくりの道にたどり着いたのか？　さまざまな本の貌を手がける気鋭のブックデザイナーが考える、これからの暮らしと仕事。